DREAMBOOKS★

신라전설 독룡

ORIENTAL FANTASY STORY & ADVENTURE

시니어 신무협 장편소설

dream
books
드림북스

# 수라전설 독룡 4 수라의 장

**초판 1쇄 인쇄** 2018년 11월 23일
**초판 1쇄 발행** 2018년 12월 3일

**지은이** 시니어
**발행인** 오영배
**기획** 박성인
**책임편집** 이대용
**일러스트** eunae
**디자인** 권지연
**제작** 조하늬

**펴낸곳** (주)삼양출판사 · 드림북스
**주소** 서울시 강북구 도봉로 173
**대표 전화** 02-980-2112 **팩스** 02-983-0660
**편집부 전화** 02-980-2116 **팩스** 02-983-8201
**블로그** blog.naver.com/dreambookss
**출판등록** 1999년 3월 11일 제9-00046호

ⓒ 시니어, 2018

ISBN 979-11-283-9452-2 (04810) / 979-11-283-9448-5 (세트)

**드림북스**는 (주)삼양출판사의 판타지 · 무협 문학 브랜드입니다.

수라전설
독룡
4
| 수라의 장 |
시니어 신무협 장편소설
ORIENTAL FANTASY STORY & ADVENTURE
dream
books
드림북스

# 목 차

# 第一章

## 파종(播種)

산 자가 없는 암부의 마을은 적막했다.

진자강은 마을의 집들을 돌아다니며 눈에 보이는 의복과
돈 등을 챙겼다.

집 대부분은 평범한 농가(農家)였다. 암부라고 해서 특이
하거나 한 구조가 아니다. 집안을 살펴봐도 별다른 게 없
다. 살림이나 집기 역시 보통의 농가에서 쓰는 것들이다.

진자강도 이곳이 암부의 본거지라는 걸 듣지 않았다면
일반 촌락이라고 생각했을 터였다.

하지만 그 때문에 오히려 이상하다는 생각이 든다.

살인을 업으로 삼은 자들의 본거지가 너무 평범하지 않

은가? 무기며 암기, 독 등 살인에 관계된 물품들이 보여야
정상이었다.

오히려 아까 마을 회관에 모였던 암부의 무인들은 몸에
무기를 지니고 있었던 것이다.

'매일 몸에 지니고 다니지는 않을 테고…… 어딘가에 공
통적으로 사용하는 무기고라도 있는 걸까?'

진자강은 몇 군데 의심 가는 곳을 찾아다녔지만 쉽게 찾
을 수가 없었다.

'내가 만일 암부의 일원이라면……'

진자강은 마을 가운데로 가서 주변을 둘러보았다.

마을 회관과 좀 거리가 있는 곳에 유독 눈에 띄는 집 한
채가 보였다. 산 중턱에 자리한 방 두 칸짜리 작은 초막인
데, 마을 전체가 내려다보이는 좋은 위치에 자리하고 있었
던 것이다.

진자강은 그 집으로 올라가 보았다.

겉으로는 똑같이 조촐한 농가다. 하나 다른 집들과 달리
방 안에는 고풍스러운 상과 족자 등이 놓여 있었다.

'문주의 거처?'

순간 진자강의 눈이 가늘어졌다.

'여기다!'

싸한 향이 났다.

독이 풍기는 특유의 향이다.

과연, 방 안에 또 다른 방으로 통하는 문이 있는 게 보인다.

문에는 두툼한 자물쇠가 걸려 있었다.

진자강은 자물쇠를 어떻게 할까 잠시 생각하다가 마당으로 나왔다. 한쪽에 장작을 패던 도끼가 있다.

도끼로 몇 번 자물쇠를 치니 자물쇠가 망가지며 문이 열렸다.

어차피 시끄럽게 군다고 항의할 자는 남아 있지도 않았다.

끼이익.

문을 열자 지하로 내려가는 계단이 보였다. 계단을 내려가 보니 안쪽은 의외로 밝고 넓었다. 양쪽 벽에는 선반들이 칸칸이 이어져 있었고, 말린 뱀과 독초들 같은 재료도 걸려 있다.

'역시나!'

이곳이 암부의 숨겨진 창고다.

진자강은 창고 안을 뒤졌다. 잘하면 옷이나 돈보다도 더 쓸 만한 물건들이 있을 것이다.

진자강의 생각처럼 한쪽 선반에 암부가 쓰는 암기들이 종류별로 진열되어 있었다.

가장 먼저 눈에 들어온 건 침(針)이다.

침은 가늘어서 눈에 잘 띄지도 않고 던지거나 혹은 이동 경로에 숨겨서 사용할 수도 있다. 독을 바르면 살짝만 찔려도 중독되기 때문에 효용이 높은 암기다.

선반에는 길이 및 굵기가 다른 것들이 종류별로 한 쌈씩 묶여 구비되어 있었다. 진자강은 자신의 손에 맞는 침을 골라 몇 쌈을 챙겼다.

그 옆쪽으로는 작은 병들이 놓여 있었다.

병은 손가락 두 마디 정도의 작은 크기였는데 농축된 독액이 담겨 있었다. 뚜껑을 열고 살짝 맛만 봤는데도 혀가 얼얼한 게 머리가 핑 돌았다.

"뱀독에 타 독을 혼합해 제조했군."

진자강은 독을 분석한 후 병의 겉에 쓰인 글자를 읽었다.

"사황신수(蛇晃神水)."

사황신수는 지금의 암부를 있게 한 대표 독이다.

그것이 선반에 스무 병 남짓 놓여 있었다. 두고 가긴 아깝고 전부 들고 가기엔 부피가 있다.

진자강은 어떻게 가지고 갈지 잠깐 고민하다가, 고민할 필요가 없다는 걸 깨달았다.

스무 개의 병에 든 사황신수를 모조리 마셔 버리면 되는 일이었다. 독을 체내에 축적하는 법은 이미 알고 있었다.

사황신수를 모조리 마셔 버리자 뱃속이 먹먹한 느낌이 들면서 감각이 무뎌졌다.

"으음."

몸이 뻣뻣해지고 머리에 열이 올랐다. 사황신수가 소화되거나 몸에 흡수되면서 독이 작용하는 것이다.

진자강은 눈을 감고 호흡을 가다듬었다. 아까운 독기를 조금이라도 낭비하기 전에 단전으로 보내야 했다.

위장까지 내려간 독액 중에 액(液)은 흡수시키고 독의 기(氣)만 단전으로 흘려보냈다. 위장에서부터 단전으로 이어진 짧은 기혈을 통해 독기가 흘러갔다.

이 기혈은 놀랍게도 일반 무인들은 막혀 있는 기혈이다.

태중혈(胎中穴).

본래 사람은 태어날 때엔 열려 있다가 살아가면서 몇몇 기혈이 자연스레 닫히게 된다.

태중혈도 그중 하나의 기혈이다. 이 태중혈은 태아의 시기에 위장과 하단전(下丹田)을 연결하는 기혈로, 모체에서 탯줄로 영양을 흡수할 때에 필요한 기혈이었다.

따라서 태중혈은 모유 수유를 할 때부터 서서히 닫혀 가다가 치아(齒牙)가 나서 화식(火食)을 시작하면 완전히 닫히게 된다.

진자강도 원래는 태중혈이 닫혀 있었다.

하나 혼천지에서 곤륜황석유를 마셨을 때, 곤륜황석유의 막대한 기운을 위장이 감당하지 못하고 막혀 있던 태중혈이 녹아 단전까지의 길이 뚫리게 되었던 것이다.

덕분에 진자강은 이 태중혈을 이용해 매우 수월하게 단전에 독기를 쌓을 수 있었다.

정신을 집중하고 독기를 인도하자, 사황신수의 독기가 천천히 단전으로 이동해 얼마 남지 않은 곤륜황석유의 독기 옆에 자리 잡았다.

통째로 뭉친 한 덩어리가 아니라 여러 개의 가느다란 실이 타래처럼 얽힌 뭉치 여러 개다. 겨우 좁쌀만 한 크기의 뭉치 여러 개가 켜켜이 쌓여서 콩알만 한 덩어리를 이루었다.

보통의 무인들은 내공을 몸 안에서 여러 번 주천(周天)시켜서 정순하게 만든 후 단전에 내공을 쌓는다. 갖가지 종류의 쇠를 하나의 솥에 넣어도 정련(精鍊)을 거침으로써 순수한 한 종류의 쇳물만이 남는 것과 같다.

하나 진자강처럼 혈도가 막혀서 주천의 과정을 거치지 못하면, 외부의 기가 융합되지 못하고 이물질인 채로 몸 안에 남게 된다.

본래 기가 원활한 하나의 덩어리가 되지 못하고 뚝뚝 끊긴 채 실타래로 남은 것은 제대로 된 운공 과정을 거치지 못한 증거.

그러나 진자강의 입장에서는 오히려 편한 부분도 있다. 하나의 타래는 진자강이 끌어낼 수 있는 최소한의 단위다. 필요할 때마다 타래 하나씩을 끌어내어 쓰면 되는 것이다.

이 길고 가느다란 한 줄기의 실이 만들어 낸 하나의 타래를 광층(桄層)이라 불렀다.

성인 사, 오십 명을 족히 죽일 수 있는 사황신수 한 병을 마셨을 때 네 개의 광층이 생겼다.

일 광층으로 열 명은 죽일 수 있는 셈이다.

하지만 스무 병이 모두 광층으로 쌓인 것은 아니었다. 진자강의 단전이 허용하는 공간이 아직 너무 좁은 탓이다.

진자강은 가만히 사황신수가 만들어 낸 광층의 타래를 세어 보았다.

'육십 광층.'

진자강의 단전에 있는 콩알만 한 크기의 독기는 전부 육십 광층밖에 되지 않았다. 나머지 사황신수의 독기는 배출되거나 소화되어 사라져 버렸다.

그래도 이것으로 육백 명을 살상할 수 있는 독을 얻게 된 것이다.

"후우우."

사황신수의 독기를 축적한 진자강은 길게 심호흡을 하며

운기를 마쳤다.

"이럴 줄 알았으면 혼천지에서 얻은 독을 아껴 쓸 걸 그랬나."

곤륜황석유는 진자강이 경험한 독 중 가장 강력한 독이었다. 그러나 그 당시에는 살기 위해서 마구잡이로 썼다. 심지어 농노대의 추격대를 죽이기 위해서 온 사방 천지에 마구 뿌린 적도 있었다.

그때 쓴 양이 거의 천 명은 족히 죽일 수 있는 양이었다. 당시에는 배움이 적어 광충의 개념을 알지 못할 때였다.

하지만 덕분에 농노대와 추격대가 혼란을 일으켰고, 그들은 죽었지만 진자강은 살아서 여기 있는 것이다. 곤륜황석유가 아무리 귀한 독이라도 진자강의 목숨보다 귀하진 않다.

"그래도 과다하게 낭비하지 않도록 좀 더 신경은 써야겠지."

당분간 사황신수로 단전을 가득 채워 또다시 나팔꽃 씨를 씹을 필요가 없어진 게 다행이었다. 딱딱한 씨를 하도 씹어 댔더니 아직도 턱이 다 아팠다.

진자강은 창고를 좀 더 돌아보았다.

독 분말도 있었다. 독 분말이 담긴 작은 죽통(竹筒)들이 해독약과 함께 놓여 있는 것이 보였다.

독 가루를 손끝으로 찍어 맛을 보았다. 단맛이 났다. 그러더니 침에 순식간에 녹으면서 목으로 넘어가 버렸다.

"크으!"

조금 찍어 맛만 봤을 뿐인데도, 시간이 좀 지나자 배를 송곳으로 찌르는 것처럼 날카로운 타격감이 왔다.

"이것도 상당한 맹독이군."

진자강은 분말이 담긴 죽통을 들어 확인했다.

"유유정(裕裕淀)."

느긋느긋한 앙금이라는 뜻이다. 진자강이야 신체의 특성상 효과가 빨리 왔지만 실제로는 효과가 굉장히 늦게 찾아오는 특수한 독이다.

이것은 먹는 것보다 분말 상태로 가지고 있는 게 나을 것 같았다. 이런 가루 형태로 된 분말 독은 의외로 쓸 수 있는 상황이 많이 있었다.

진자강은 유유정이 담긴 열 개가량의 죽통과 해독약을 모두 챙겼다.

그러곤 좀 더 둘러보며 쓸 만한 독 몇 가지를 집어 들었다. 설사를 일으키는 독이라거나, 구토를 일으키는 독 등 살상력보다도 여러 상황에 쓸 수 있는 특수한 독들이 제법 있었다.

"독은 이만하면 됐겠지."

침 말고 다른 암기들도 살펴보았지만 손에 익지 않아서 진자강이 쓰기엔 무리인 것들이 많았다.

진자강은 그간 챙긴 것들을 몸에 잘 숨겼다. 겉옷을 걷어 올리고 양 팔뚝에 가죽띠를 감았다. 거기에 침을 꽂아 넣어서 언제든지 뽑아 쓸 수 있게 했다.

허리에도 띠를 둘러 띠 안쪽으로 유유정을 밀어 넣었다. 겉으로는 보이지 않아 감쪽같았다.

팔다리를 휘휘 저어 보고 해도 불편한 점이 없었다. 이제껏 장비에 연연한 적이 없었는데 꽤 든든했다.

그 외에 자잘한 외상약이나 내상약들이 있긴 했으나 진자강의 흥미를 끌지는 못했다. 진자강은 회복력이 좋아 굳이 그런 것들을 가지고 다닐 필요가 없었다.

"그럼."

필요한 걸 모두 챙긴 진자강은 지하실을 나와 집에 불을 질렀다.

아직도 창고에 잔뜩 남아 있는 독과 무기들은 하나같이 흉흉한 것들이다. 그런 것들이 세상에 나와 돌아다닐 필요는 없을 것이다.

불은 금세 활활 타올랐다.

돌아보니 마을 회관은 한껏 불타오르고 있는 중이다. 불이 번져서 그 옆쪽으로도 옮겨 가고 있었다.

집이며 시체가 타는 매캐한 냄새가 풍겨 왔다.

진자강은 불길을 잠시 바라보다가 마을을 떠나려 했다.

이제 이곳에서의 일은 모두 끝났다.

그런데 그렇게 생각하고 막 걸음을 뗀 순간이었다.

"……!"

목덜미에 갑자기 소름이 돋았다.

'뭐지?'

이루 말할 수 없이 묘한 기분이 들었다.

'살기? 아니면 경고?'

살기는 살기지만 묘하게 다른 느낌이다.

'누군가 지켜보고 있다!'

정확하진 않지만 그런 느낌이었다.

하지만 진자강은 고개를 돌려서 확인하지 않았다. 아무렇지 않게 계속 걷기만 했다.

절룩, 절룩.

천천히 걸으면서 티가 나지 않게 몸을 가릴 수 있는 나무 쪽으로 향했다.

그러곤 나무 뒤로 들어서자마자 바로 몸을 숨겼다.

심장이 미친 듯 뛰었다.

진자강은 몸을 숨긴 채 온 신경을 곤두세웠다.

하나 더 이상의 느낌은 없었다.

그래도 진자강은 움직이지 않았다. 거의 한 식경을 조용히 숨어 있었다.

하지만 이후로도 별다른 느낌은 없었다.

'내가 잘못 알았나?'

암부에는 산 사람이 없다. 모두 확인했다. 일일이 확인하고 모두 죽였다.

그런데 왜 이상한 느낌을 받았을까?

불안감이 서늘하게 피어올랐다.

이건 결코 좋은 징조가 아니다.

잘못 알았다면 진자강의 감각에 문제가 있는 것이고, 사실이라면 진자강이 상상도 못 할 고수일 가능성이 높을 것이다.

진자강의 인내심은 일반 사람의 몇 배나 강하다. 누가 말리지만 않는다면 지금 상태로도 하루 이상을 더 버틸 수 있었다.

하지만 계속 숨어 있을 수가 없었다. 마을 회관에서 시작된 불이 계속 옮겨붙고 있었다.

벌써 집 여러 채가 불타고 있기 때문에 주변 마을에서도 불이 보일 터였다. 머잖아 사람들이 몰려들 것이다. 여기에 남아 있으면 사람들에게 발각될 수밖에 없다.

그럼에도 불구하고 진자강은 움직이지 않았다. 금방이라

도 일어나고 싶은 마음을 꾹 억누르며 참았다.

지금의 느낌이 잘못된 것이길 바라면서.


*      *      *


망료는 혀를 내둘렀다.

암부의 근처를 맴돌면서 진자강이 행동하기만을 기다리길 벌써 며칠이었다.

그러던 중 갑자기 피어오른 연기를 보고 달려와 보니, 이미 암부는 궤멸했고 진자강은 유유자적 떠나려던 중이 아닌가!

도대체 그 짧은 순간에 진자강이 무슨 수로 암부의 인원 전원을 몰살시켰을까?

감탄하지 않을 수가 없었다.

실제로 괴송은 이제껏 진자강이 상대해 봤던 무림인들 중 최고로 손꼽히는 고수였을 텐데 말이다.

그런 괴송까지도 죽여 버렸으니…….

놀라운 한편, 흥분이 되었다.

너무 좋아서 들뜨기까지 했다. 진자강은 망료가 생각한 이상으로 아주 잘 자라 주었다.

그렇게 잘 자란 진자강을 찢어 죽일 때가 기대되어서, 그

때를 상상하니 쾌감이 치밀어서! 그래서 아주 잠깐 저도 모르게 살기를 품었을 뿐이었다.

한데 진자강이 그 짧은 살기의 순간을 눈치채고 모습을 감춰 버린 것이다.

그 사소한 실수를 알아채고!

그게 벌써 한 시진 전이다.

그런데도 꼼짝없이 움직이고 있지 않은 진자강이다.

'예나 지금이나 여전히 지독한 놈이로구나!'

어지간한 이들은 이렇듯 오래 버티지 못한다. 자기가 벌인 살육의 현장에 계속 남아 있고 싶은 이가 어디 있을까.

더구나 자신을 노린 살기가 감지되었으면 더더욱 피하고 싶은 심정이 간절할 터.

그런데도 한 시진을 버렸다.

그것만으로도 대단하다고 할 수 있었다. 이쯤 됐으면 억지로라도 달아나야 하는 게 정상이었다.

하나 진자강은 움직일 기미가 전혀 없다.

망료는 진자강의 인내심에 감탄했다.

과연 팔 년이나 지하 갱도를 뚫고 돌아온 놈답다.

하나 그렇게 따지자면 망료 역시 팔 년을 기다린 것은 마찬가지.

은근히 오기가 치밀었다.

'해 보자는 거냐?'

망료는 코웃음을 쳤다.

뜻밖에 벌어진 일이었지만 망료도 먼저 물러설 생각은
조금도 없었다.

진자강과 망료의 거리는 약 일백 장.

일백 장의 거리를 사이에 두고 진자강과 망료가 서로 몸
을 숨긴 채, 상대가 먼저 움직이길 기다리고 있는 상황이
되었다.

이 일백 장의 거리는, 집 지붕 위에 몸을 숨긴 망료가 움
직이기에 굉장히 애매한 거리였다.

망료가 움직인다면 진자강이 반드시 인기척을 느낄 수
있는 거리다. 얼굴은 못 볼지언정 누군가 자신을 지켜보고
있었음을 확실하게 알게 될 것이다.

그러니 망료도 진자강이 먼저 움직이기 전까지는 움직일
수 없었다. 진자강이 자기가 잘못 느꼈다 생각하고 가 버리
는 게 최선이다.

하나 진자강은 그러지 않았고, 때문에 망료는 곤혹스러
운 상황을 맞이하게 되고 말았다.

어느새 망료가 올라와 있는 지붕의 집에도 불이 옮겨붙
은 탓이다.

타닥, 타닥.

짚으로 만든 지붕은 쉽게 불이 옮겨붙었다.

가뜩이나 건조한 가을이다. 순식간에 불이 붙어 연기가
피어올랐다.

시간이 지나자 시야가 가려지고 숨 쉬기도 곤란해질 정
도로 연기가 찼다.

그러나 망료는 움직이지 않았다.

진자강이 눈치챌까 봐 내공도 쓰지 않고 버텼다.

얼마 지나지 않아 바로 옆까지 불꽃이 번져 왔다. 불티가
튀어 옷에 구멍이 나기 시작했다.

불길이 거세질수록 땀이 나고 열기가 올라 몸이 뜨끈뜨
끈해졌다.

하지만 그때까지도 망료는 꼼짝도 않았다.

그것은 순전히 오기 때문이었다.

진자강이 먼저 움직이느냐, 아니면 망료가 먼저 움직이
느냐.

다소 일방적이긴 해도, 이런 대치 상황에서 먼저 움직인
다는 건 꽤나 자존심이 상하는 일이었다.

화그르르르.

어느새 지붕 위는 거의 다 불로 휩싸였다.

불타는 소리가 바로 귓가에까지 들려왔다.

지척에서 피어오르는 불길에 수염이 그을려서 말려들었

다. 그을린 살갗이 녹아서 벗겨지고 물집이 잡혔다.

하지만 그때까지도 진자강은 전혀 움직이지 않았다.

'이 새끼……'

망료는 욕설을 삼켰다.

조금씩 내공을 끌어 올려 버텨 봤지만 살이 익어 가며 온몸을 칼로 쑤시는 듯한 통증이 느껴졌다.

본래 사람이 산 채로 불에 타 죽을 때 가장 고통스럽다고 했던가.

그 고통을 망료가 생생하게 경험하고 있는 중이었다.

하나 더 버틴다고 해도 사실 큰 이득이 있는 것도 아니다. 괜히 통구이가 될 판이다.

망료는 소름 끼치는 얼굴로 이를 갈았다.

버티려고 해 봤지만 이젠 어쩔 수 없다.

제아무리 망료라 하더라도 살이 익어 가는 데야 더 참을 수가 없다.

'그래. 이번엔 네가 이겼다, 이놈.'

타 죽기 싫으면 어쩔 수 없이 물러나야 할 것 같았다.

어차피 연기와 불꽃 때문에 시야도 제대로 보이지 않는다. 잘하면 진자강에게 들키지 않을 수도 있을 법하다.

망료는 조심스럽게 몸을 뒤로 빼려 했다. 지금 당한 이 치욕과 무너진 자존심은 나중에 백배로 갚아 주리라 하는 생각을 하면서.

그런데…… 돌연 진자강이 먼저 움직였다?

망료는 놀라서 움찔 멈췄다.

진자강은 달아나는 게 아니었다. 오히려 완전히 모습을 드러내더니 망료가 있는 쪽으로 걸어온다!

'저, 저놈이?'

진자강이 그런 행동을 할 거라고는 전혀 생각지 못했다. 망료는 너무 당황해서 몸을 더 낮췄다.

'이이이……!'

뭐 저런 놈이 다 있지?

진자강은 자신을 불안하게 만든 느낌의 정체가 무엇인지 확인하지 않고는 떠나지 않겠단 태도다.

거침없이 몸을 드러내더니, 아예 불타는 가옥의 바로 앞에까지 왔다.

빤히 불타는 모습을 지켜보고 있다. 손에는 언제든 던질 수 있도록 침까지 뽑아 들고.

그러니까 망료는 갑자기 흥분이 되었다.

'더 찝찝해지려무나! 손톱 밑에 가시가 박힌 것처럼 불편해하려무나! 내가 누군지 마지막 순간까지 끝끝내 모르는 채로!'

그렇다고 해서 여기서 타 죽을 생각은 전혀 없었다.

망료는 살이 시뻘겋게 익어 가는 데도 참고 있다가, 지붕에 불이 적당히 올랐다 싶은 순간에 몰래 장력을 발출했다.

교묘하게 쏘아진 장력이 대들보를 건드렸다.

우직.

대들보가 비틀리자 가뜩이나 불에 타 약해진 지붕은 순식간에 무너졌다.

와지끈!

콰드드드드!

망료도 그에 휩쓸려서 엎드린 채 아래로 떨어졌다. 하지만 당황하지 않고 천근추의 수법으로 발에 무게를 실었다. 똑바로 떨어지면서 바닥에 닿는 순간 몸을 굴렸다.

그 위로 대들보와 지붕이 불덩이가 되어 마구 쏟아졌다.

망료는 데굴데굴 굴러서 최대한 구석으로 갔다.

쿵쿵! 쿵쿵쿵쿵!

대들보와 불타는 짚단들이 계속해서 떨어졌다. 집의 천장이 무너진 것은 그야말로 눈 깜짝할 사이의 일이었다.

진자강도 가까이에 있다가 화를 입을까 뒤로 물러설 정도였다.

화르르륵!

천장이 완전히 무너져서 집 전체가 불타오르는데도 진자강은 떠나지 않았다.

무너진 집을 가만히 쳐다보고만 있다. 망료의 생각과 달리 쉽사리 떠나지 않고 있는 것이다.

그러나 진자강도 그리 오래는 있지 못했다.

피어오른 불을 보고 인근의 촌민들이 모여든 탓이었다.

"불이야!"

"어서 사람들을 찾아보게!"

멀리서부터 들려오는 촌민들의 목소리에 진자강도 더 이상은 이곳에 있을 수가 없게 되었다.

확인할 수 있는 만큼은 한 터였다. 누군가 있었다면 지금까지 나오지 않고 있을 리가 만무했다.

몰려드는 촌민들의 숫자는 더 늘었다. 사방에서 웅성거리는 소리가 들려왔다.

진자강은 한 번 더 불타는 집을 바라본 후, 그제야 걸음을 떼었다.

진자강이 빠른 걸음으로 사라진 뒤, 촌민들이 마을 안에 들어와 사람들을 찾고 다녔다.

"아니, 여기 사람들 다 어디 갔어?"

"이봐, 왕 씨? 왕 씨! 좀 나와 봐!"

\*　　　\*　　　\*

망료는 오른팔을 위로 치켜들어 불타는 대들보를 비스듬히 받치고 있었다.

　쏟아지던 것들이 대들보에 걸려서 더 이상 아래로 쏟아지지는 않게 했다. 하지만 대들보에 걸린 기둥들은 장작불처럼 계속 타오르는 중이었다.

　지글지글.

　내공을 두르고 있어도 살이 익어서 얼굴이며 손이 벌겋게 되어 물집이 잡혀 있었다.

　진자강이 사라질 때까지 망료는 그 모습으로 버텼다.

　그리고 진자강이 정말로 사라졌다 싶자 그제야 움직였다.

　손에 힘을 주어 대들보를 힘껏 밀어 버렸다.

　쿠웅! 우르르르.

　사람 키보다 더 큰 대들보가 불덩이들과 함께 집 벽을 무너뜨리며 밖으로 튕겨져 나갔다.

　망료는 불타는 집 밖으로 성큼 나왔다.

　"후읍— 하!"

　참고 있던 숨을 내뱉으며 심호흡을 했다.

　마을을 돌아다니던 몇몇 촌민들이 불타오르는 집에서 걸어 나오는 망료를 보고 소스라치게 놀랐다.

　"어? 어어?"

"사, 사람이 불 속에서⋯⋯!"

촌민들이 놀라서 어리벙벙해 했지만 망료는 아랑곳하지 않았다

멀리 진자강이 사라진 쪽을 노려보며 송곳니를 드러냈다. 웃는 듯 화난 듯 묘하게 일그러진 표정이었다.

그러다가 입꼬리를 치켜들고 웃었다.

"큭큭큭, 망할 새끼. 나를 이 꼴로 만들어?"

정말로 치가 떨리는 녀석이었다. 집이 불타서 다 무너졌는데도 안 가고 버티고 있는 걸 느꼈을 땐 소름이 돋기까지 했다.

"뭐, 좋아. 이 정도는 되어야 기다린 보람이 있지!"

망료는 더러운 기분마저 즐기면서 껄껄 웃었다.

근처에 있던 촌민들이 그런 망료를 의아한 눈으로 보며 다가왔다.

"이, 이보시오. 몸은 괜찮소?"

망료는 귀찮다는 듯 손을 휘저었다.

퍽!

머리 하나가 날아갔다.

순식간에 머리를 잃은 시체가 팔을 버둥거리다가 엎어졌다.

"으, 으아아아!"

"사, 사람을 죽였다!"

촌민들이 놀라서 엉덩방아를 찧고 주저앉았다.

망료는 그들을 싸늘하게 내려다보았다. 간접적이었지만 팔 년 만에 진자강과 조우(遭遇)한 감회를 좀 더 느끼고 싶었는데, 그 기분이 한순간에 망쳐졌다.

"쯧."

망료가 혀를 차며 손을 치켜들었다.

그게 촌민들이 세상에서 본 마지막 모습이었다.


*　　　*　　　*


진자강은 산 뒤를 돌아 내려왔다.

산을 거의 다 내려왔는데 걸음이 자꾸만 느려졌다.

불안한 탓이다.

더 이상 아무것도 느껴지지 않아 자리를 피하긴 했으나 끝내 그 느낌의 정체는 확인하지 못했다.

'왜 그런 느낌이 들었지?'

사람이 아니라 산짐승 같은 거였을까?

사람이었다면 불타는 집에서 나오지 않았을 리가 없다.

무공이 약한 자였다면 못 버티고 죽었을 테고, 무공이 강한 자였다면 숨어서 버틸 이유가 없었다.

생각 같아서야 집이 잿더미가 될 때까지 기다렸다가 흔적을 찾아볼까 싶기도 했다. 주변 촌민들이 몰려들었기 때문에 더 이상 확인해 볼 수도 없이 그냥 내려온 것인데.

아무래도 마음 한편이 찜찜했다.

진자강은 걸음을 멈췄다.

'근처에서 며칠 더 머무르며 상황을 두고 보아야 할까?'

못내 못 미더운 탓이다.

그러나 시간적 여유는 많지 않았다. 운남 독문의 회합 전에 철산문까지는 처리해야 한다.

겨우 보름 정도나 남았을까. 철산문까지 이동해서 계획을 세울 시간까지 생각하면 보름도 부족하다.

이런 상황에서 확실하지도 않은 느낌 때문에 며칠을 더 허비한다라…….

진자강은 쓴웃음을 지었다.

'내가 과민한 건지도…….'

사실 산 사람이 있었다 해도 상관없는 일이었다.

목격자가 있든 없든 결국 자신의 존재는 어느 정도 알려져 있는 상태고, 어쨌든 암부의 본단을 없애 버리는 데에는 성공했으니 말이다.

그리고 석림방에 이어 암부까지 멸문한 마당에 다음 목표가 철산문이나 독곡이 되리라는 건 누구나 짐작할 수 있는 일이 아닌가.

진자강은 고개를 저었다.

'됐다. 내가 잘못 느낀 걸 수도 있으니 너무 연연해 말자. 지금은 철산문을 제거할 방법을 찾는 게 더 중요하다.'

그렇게 생각한 진자강이 다시 걸음을 재촉하려 했다.

그러나…….

머뭇.

이상하게도 걸음이 떨어지지 않는다.

이성적으로는 됐다고 생각하면서도 자꾸만 어딘가 불안한 것이다.

후환……!

지독문은 진자강이라는 작은 아이를 방치해 둔 탓에 멸화(滅火)했다. 석림방도 암부도 마찬가지였다.

후환을 남긴다는 건 그래서 무서운 것이다.

어쩌면 진자강은 이 정체 모를 느낌 때문에 잠을 이루지 못할 날이 많아질지도 모른다. 뭔가가 잘못되면 혹시나 이것 때문이 아닐까 의심하게 될 수도 있다.

아니, 정말로 이것 때문에 후회하는 날이 올지도 모른다.

"후우."

진자강은 길게 한숨을 내쉬었다.

그러곤 산 위를 돌아보았다.

"돌아가자."

아무리 찜찜해도 며칠까지는 시간을 낼 수 없다. 그저 촌민들이 불 끄고 사태를 수습하는 것만 확인해도 훨씬 마음이 편해질 것이다.

적당한 곳에 자리를 잡고 하루 이틀 숨어 지켜보기만 하면 된다.

진자강은 발길을 돌려서 기껏 내려온 산을 다시 올라가기 시작했다.

내려온 시간보다 올라가는 데 걸린 시간이 더 짧았다.

때문에 진자강은 자신이 느낀 불길함의 정체를 알아내는 데에 그리 오랜 시간이 필요하지 않았다는 걸 알게 되었다.

가까이 올라갔는데도 이상하게 사람의 소리가 들려오지 않았던 것이다.

불길과 연기는 여전히 피어오르는데, 아까처럼 아는 사람을 찾아다니며 소란을 피우던 이들의 소리가 하나도 들리지 않는다.

'이상하다?'

진자강은 불안한 느낌이 들자마자 몸을 숨겼다.

조심스레 기어가며 암부의 안쪽을 살폈다.

그 순간.

진자강은 경악했다.

기껏해야 겨우 이 다경.

진자강이 자리를 비웠던 시간이다.

겨우 그사이에 아까 암부를 찾아왔던 촌민들은 주검이 되어 아무렇게나 바닥을 구르고 있었다.

'이, 이게 대체!'

진자강은 온몸의 솜털이 곤두서는 것을 느끼며 망연자실 촌민들의 시체를 쳐다보아야만 했다.

＊　　＊　　＊

진자강은 심각한 표정으로 고민했다.

이 자리에 고수가 있었다.

진자강은 감히 쳐다보지도 못할.

심지어 손속마저 잔혹하기 그지없었다.

촌민들은 머리가 터져 있거나 목이 찢겨져서, 혹은 갈비뼈가 함몰되거나 팔다리가 떨어진 채 죽었다. 정확히 죽을 만큼 손을 쓴 게 아니라 그냥 닥치는 대로 죽여 버린 것이 분명했다.

'어떻게 된 거지?'

누가 살아남아 있었을까.

암부의 인물들은 샅샅이 찾아내어 모두 죽였다.

그런데 왜 또 다른 이의 흔적이 남아 있는 것일까.

물론 의심되는 부분은 있었다.

그 살기의 주인…….

진자강은 아까까지 지켜보았던 불타는 집으로 걸어갔다. 집 벽이 거의 반파되어 부서져 있었다.

촌민들을 살육한 자는 이곳에 있었던 게 확실했다.

벽을 부수고 튀어나온 대들보와 바닥에 남은 발자국, 그리고 그 근처에 몰려 있는 세 구의 시체가 그것을 증명해 주고 있었다.

진자강은 의아함을 감출 수가 없었다.

'이자는 암부의 무인이 아닌가?'

암부의 무인이었다면 자파의 사람들을 죽인 진자강을 가만히 내버려 뒀을 리가 없다.

'그럼, 왜? 도대체 이런 고수가 왜 나를 공격하지 않고 숨어 있었지?'

머리가 복잡해졌다.

이 잔인한 성품의 고수는 끝까지 숨어 있다가 촌민들이 오자 그들을 죽이고 가 버렸다.

진자강에게는 살기 비슷한 감정을 살짝 드러낸 것 외엔 아무런 위해도 가하지 않았다.

'왜?'

진자강은 혼란스러웠다.

'아니…… 잠깐.'

촌민들의 시체를 보다가 문득 떠오르는 게 있었다.

암부로 오는 도중에 들었던 소문.

당시엔 듣고 무심코 흘려 넘긴 얘기들이었다.


　　석림방과 일대 마을 사람들 수백 명을 학살했다
　지?


진자강에게 독을 먹였던 객잔의 숙수가 한 말이었다.


　　석림방의 방도들을 다 죽이고 인근 사람들까지 깡
　그리 죽였다던데?


암부로 오는 길의 호숫가 다관에서 들었던 말이었다.

당시엔 단순 소문이라고 생각했었는데…….

'설마…… 그 말들이 사실이었나?'

진자강은 소름이 끼쳤다.

'나를 계속 쫓아다니고 있었어?'

식은땀이 다 났다.

이자는 대체 무슨 의도로 자신을 쫓아다녔을까?

왜 이런 일을 저질렀을까?

침착하려 애썼지만 가슴이 요동을 쳤다.

'같은 편일까?'

아니. 진자강에게 호감을 가진 이라면 아까 묘한 살기를 보내진 않았을 것이다.

'적?'

적이라고 하기도 어렵다.

정말 적이라면 그동안 그자는 몇 번이나 진자강을 죽일 기회가 있었다. 하다못해 창고에 갇혔을 때만 해도 진자강은 완전히 무방비 상태가 아니었는가.

그럼에도 진자강을 죽이지 않았다는 건 당장은 죽일 의도가 없다는 뜻이다. 그렇다면 원래는 진자강을 방해하지 않고 뒤처리만 하려 했다는 뜻이다.

오늘 직간접적으로 마주친 것은 아마도 그자의 실수일 것이다.

진자강에게는 매우 다행스러운 일이 아닐 수 없었다.

만일 진자강이 되돌아와 보지 않았다면 이 같은 사정을 계속 모른 채 지냈을 게 아닌가!

진자강은 잠시 생각했다.

이자가 진자강의 뒤를 쫓아다니는 건 진자강의 행동으로 인해 현재 이득을 보고 있거나, 앞으로 이득을 보게 되기 때문일 터였다.

이용당하고 있다 생각하니 기분이 좋지 않았다. 더구나 상대는 철저히 정체를 감추고 있어서 진자강에게 꼬리를 잡힐 여지를 주지 않고 있었다.

그자가 불에 타 죽을 정도로 궁지에 몰렸으면서도 끝끝내 나타나지 않았던 것이 그 생각을 방증한다.

'냉정하게 생각하자. 누군가 날 이용한다고 해서 내가 해야 할 일이 바뀌는 건 아니니까.'

다만 자신을 뒤쫓고 있는 자가 있다는 걸 알았으니 앞으로는 좀 더 주의 깊게 움직여야 할 것이었다.

진자강은 길게 심호흡을 했다.

팔 년이나 지하 갱도에 갇혀 있었다.

강호의 정세에 대해서는 잘 모른다. 돌아가는 모양만 겨우 짐작하지, 그 안에 이리저리 얽힌 속사정들에 대해서는 전혀 알 수가 없었다.

죽일 자만 죽이면 된다.

그 생각만 했다.

원수를 죽이는 일에 복잡한 정치적인 셈은 필요하지 않았다. 아니, 필요하지 않다고 생각했다.

한데 그 와중에 이미 진자강을 이용하려는 자가 나타나 버린 것이다…….

'어떤 자들인지 모르나 언젠가 나를 이용하려 든 걸 후회하게 될 거다.'

진자강은 어금니를 꽉 깨물었다.

*　　*　　*

망료는 온몸이 불에 그슬리고 타서 엉망이 된 채로 부민을 벗어나고 있었다.

뚜걱! 뚜우걱!

목발을 짚을 때마다 몇 장씩 지면을 건너뛰며 빠르게 달려간다.

한데 망료의 표정은 매우 기괴했다.

입은 찢어져라 웃고 있으면서 얼굴은 잔뜩 찌푸리고 있는 것이다.

"크크크크! 맹랑한 놈!"

참으로 희한한 모습이었다.

그것은 짜증을 내는 것 같으면서도 참으로 벅찬 듯한 표정이기도 했다.

하기야 그도 그럴 법했다.

지난 팔 년, 망료는 너무나 이 순간을 기다려 왔으니까.

이 순간을 위해서 누구보다도 바쁘게 살아왔으니까.

진자강이 그저 그런 놈이 되어 나타났다면 크게 실망해서 그냥 그 자리에서 찢어 죽였을 터였다.

하나 진자강은 그러지 않았다. 오히려 망료의 상상 이상으로 훌륭하게 자라 주었다.

기다린 것이 전혀 후회되지 않을 정도로.

그 덕에 망료가 준비해 놓은 모든 것들이 무용지물이 되지 않게 되었으니 어찌 기쁘지 않으랴.

"아아! 이것 참!"

망료는 걸음을 멈췄다. 진자강을 직접 본 후라 너무 들떠서 심장이 두방망이질을 치고 있었다.

석림방에서 진자강의 흔적을 본 것과 멀리서나마 실물을 조우한 것은 비교할 바가 못 되었다. 기분이 좋다 못해 숨이 가빠질 정도라 이대로 계속 달릴 수가 없을 지경이었다.

도저히 참을 수가 없었다. 지금의 이 솟아오르는 감정을 누군가에게라도 털어놓지 않으면 속이 터져 죽을 것 같았다.

하지만 누구에게 털어놓는단 말인가?

"이거 주책이라고 해도 할 말이 없겠구나! 어디 보자……."

망료는 잔뜩 흥분하여 빛나는 외눈으로 주변을 훑어보다가, 갑자기 몸을 날렸다.

           \*       \*      \*

"……했다니까? 내가 그래서……."

노거지는 설핏 잠이 깼다. 누군가 자꾸 시끄럽게 자기에게 말을 걸고 있었다.

노거지는 눈곱이 달라붙어 잘 떠지지 않는 주름진 눈을 힘겹게 떴다.

아직 밤인지 사위는 어두웠다. 눈을 비비고 보니 다리 밑 자신의 처소였다.

거적때기를 깐 그곳, 자신이 잠든 옆자리에 누가 와서 앉아 있었다.

그러나 그게 누구인지는 딱히 중요하지 않았다.

언제 가져다 놓았는지 노거지의 앞에 술 한 병과 삶은 닭 한 마리가 있었다.

노거지는 침을 꼴딱 삼키면서 그를 쳐다보았다.

"아, 깼는가? 깼으면 그거라도 좀 들게."

꽤 나이가 있어 보이는 그의 행색은 거지인 자신보다도 훨씬 추레했다. 불탄 집에서 막 뛰쳐나온 듯 다 타서 구멍이 뚫린 옷을 입고, 불쌍하게도 양다리가 없어 목발까지 하고 있었다.

자기보다 더 거지 같은 차림의 그가 달콤한 향을 풍기는
술과 신선한 닭을 내놓은 건 희한한 노릇이지만, 마다할 일
은 아니었다. 본래 거지는 먹을 수 있을 때 먹어 둬야 하는
법이다.

노거지는 자다 말고 일어나 허겁지겁 닭을 뜯고 술을 마
셨다.

"자네가 먹는 동안 아까 하던 얘기를 마저 해도 되겠
지?"

부드러운 그의 음성에 노거지는 내가 알 게 뭐냐 하는 투
로 고개를 끄덕였다.

그가 흐뭇하게 바라보며 말을 이었다.

"고민이 많이 됐어. 어떤 식으로 놈을 괴롭혀야 가장 고
통스러울까. 그런데 말야, 사실 육체적인 고통은 아무것도
아냐. 나만 해도 두 다리를 몽땅 잃었을 땐 아주 힘들었지
만, 시간이 좀 지나니 아무렇지도 않게 되었거든."

노거지는 닭 껍질을 찢다가 그의 잘린 두 다리를 힐끗 쳐
다보았다. 그의 말이 계속되었다.

"게다가 내가 녀석하고 한 석 달 같이 있었나? 녀석은
생각보다 육체적 고통에 무딘 것 같더라고. 한두 대 때린다
고 아파할 놈이 아니다 이거지. 그럼 어떻게 해야 할까? 참
고민스러웠어."

그의 말투는 매우 진지하고 심각했다.

"그런데 말야. 그런 생각이 들더군. 그럼 내가 가장 절망적인 게 언제였을까. 자네 혹시 알겠는가?"

노거지는 고개를 젓고 먹는 데에 열중했다. 언제 마음이 바뀌어 먹는 것을 빼앗을지도 몰랐다.

"남들은 내가 눈과 다리를 잃었을 때라고 생각하겠지. 하지만 내가 가장 절망적이었던 건, 의외로 눈과 다리를 잃었을 때가 아니었다네. 다름 아닌 내가 열심히 노력해서 이룩한 모든 게 수포로 돌아간 때였다네. 몸이 아팠을 때가 아냐. 여기, 바로 여기가 아플 때였다고."

그는 본인의 가슴을 손가락으로 쿡쿡 찔렀다.

"그걸 깨닫고 나니까 녀석에게도 그렇게 해 줘야겠다는 생각이 들더군. 하지만 어떻게? 놈은 천애고아인 데다가 더 이상 지켜야 할 것도, 딱히 이루어 놓은 것도 없는데."

노거지는 잠시 함께 생각하는 척하다가 술을 들이켰다.

"해서 난 방향을 달리 생각했다네. 놈에게서 뭘 빼앗을 수는 없지만 내가 느낀 걸 고스란히 느끼게 해 주는 건 가능하겠지? 하고."

그는 노거지가 뭘 하든 딱히 상관하지 않고 자신의 할 말만 계속했다.

"설명하기 좀 복잡한데, 이를테면 그건 이런 걸세. 난 내가 무기력해진 순간에 온 세상이 적인 것처럼, 마치 세상 전체가 나를 적대시하는 것처럼 느꼈단 말일세. 내 한 몸 어디 편히 기대고 누일 곳이 없는…… 세상에 외톨이가 되어 아무도 내 말을 들어 주지 않고, 내 편은 하나도 없는 듯한 그런 불안함 말야. 난 당시에 아주 미칠 것 같았거든? 오죽하면 동료들도 나를 미친놈이라며 백안시하고 다녔으니까."

노거지는 맞장구치듯 고개를 끄덕였다.

"해서 녀석에게도 그렇게 해 주기로 했네. 물론 그건 참 어려운 일이었어. 어떻게 하면 그 녀석을 이 세계로 끌어올 수 있을까……."

노거지는 점점 말이 이상해지는 걸 깨달았는지 먹는 속도가 조금 줄어들었다.

"어쨌든 지난 팔 년 동안, 좀 고생은 했지만 여기저기 씨를 뿌려 놓았지. 말하자면 난 풍작을 바라는 농군의 마음으로 파종을 한 셈일세. 석림방이라고, 제일 신경 써서 뿌려 놓은 첫 씨앗이 있었는데 말야. 이번에 성공적으로 수확했어. 녀석의 귀환 축하 제물로 아주 최고였지 뭔가."

노거지는 마른침을 삼켰다. 어째 점점 들어서는 안 되는 말이 나오는 것 같았다.

노거지가 씹기를 멈추고 그를 슬쩍 올려다보다가 그와

눈이 마주쳤다.

그가 이를 드러내며 웃었다.

"껄껄, 이 친구 눈치 참 빠르네. 맞아. 이건 남이 들으면 안 되는 얘기야. 덕분에 기분이 좀 나아졌다네. 아주 만족했어. 이제야 살겠군."

노거지는 불안한 생각이 들어서 손을 떨었다.

먹고 있던 닭 다리를 놓쳐 바닥에 떨어졌다.

그가 닭 다리를 주워 들었다. 노거지가 반쯤 먹고 있던 것인데도 거리낌 없이 자신의 입에 넣고는 훑어서 살을 발라 먹었다.

그가 뼈만 뽑아내며 노거지에게 물어보았다.

"아, 이제 다 먹었나? 이쯤 먹었으면 됐지? 내가 좀 바빠서."

그가 닭 다리뼈를 노거지의 머리통에 꽂았다.

푸욱!

닭 다리뼈가 머리로 완전히 들어가 보이지도 않았다.

대번에 노거지의 눈이 뒤집히며 흰자위가 드러났다. 노거지의 앙상한 몸이 모로 넘어갔다. 피 한 방울 나지 않았다. 얼핏 보면 노거지가 왜 죽었는지 알 수가 없을 것 같다.

"오늘 내 얘기를 들어 줘서 참 고마웠네. 내가 원래 이렇게 말이 많은 사람이었다는 걸 지금 깨달았는데 말야. 어쩌다 보니 그동안 말수가 줄은 채로 살았지 뭔가."

그가 껄껄 웃었다.

기분이 개운했다.

오늘 같은 날을 위해서였다.

지금까지 해 온 모든 것이.

파종…….

망료가 몇 년을 공들여 뿌려 온 씨앗들이 서서히 결실을 맺으려 하고 있는 참이었다.


\*　　　\*　　　\*


철산문은 독곡으로 향하는 길의 도중에 있다.

암부가 있는 부민에서부터 약 이백 리. 망료라면 경공으로 느긋하게 이틀, 진자강이라면 서둘러도 이레는 더 걸리는 거리였다.

진자강의 목적지가 철산문이라는 것을 알고 있는 이상, 망료는 어려울 게 없었다. 생각한 대로 확실하게 진자강을 옭아 넣을 수 있을 터였다.

망료는 철산문 쪽으로 달려가다가 도중에 있는 마을에 들렀다.

화상도 치료하지 않고 옷도 반쯤 태워 먹은 채로 근처에 있는 문파를 찾아갔다.

오조문(五鳥門).

무림총연맹에 가입한 몇 안 되는 운남의 정파였다.

문도가 사, 오십 명 정도로 규모는 크지 않으나 역사가
제법 오래되어 근방에서는 상당한 유명세가 있었다.

오조문의 문주는 호둔검(浩屯劍) 추효로 이제 고작 사십
대 후반이었다.

이 오조문을 망료는 예전부터 점찍어 두고 있었다.

추효가 사십 대 초반, 오조문의 후계자였을 때부터 부지
런히 친분을 쌓아 왔다. 추효가 오조문을 승계하면서부터
는 대놓고 뒤를 봐주었는데, 그 대표적인 게 바로 오조문을
무림총연맹에 가입시켜 준 것이었다.

사실 오조문 같은 작은 중소 문파는 강호에도 넘치고 넘
쳤다. 그런 문파는 함부로 무림총연맹을 뒷배경으로 팔아
먹을 수도 있었기 때문에 쉽게 가입이 되지 않았다.

하물며 운남이라는 변방에 있는 작은 중소 문파는 무림
총연맹에 별다른 가치도 없었던 것이다.

망료는 그런 오조문을 무림총연맹에 가입시켜 줌으로써
오조문에 든든한 배경을 만들어 주었다. 이 때문에 오조문
에게 있어 망료는 은인이나 마찬가지였다.

문주인 추효가 망료를 형님으로 부를 정도까지였으니,

더 말할 필요가 없을 정도였다.

하여 망료가 오조문을 방문하자 추효는 버선발로 마중을 나왔다.

"형님!"

반가운 얼굴로 나왔던 추효는 망료의 행색을 보곤 크게 놀랐다. 온몸이 그을리고 화상을 입고 있는 망료를 보면 누구라도 그럴 터였다.

"아니, 형님! 이게 무슨 일입니까!"

"아아, 동생. 너무 놀라지 마시게. 큰 상처는 아니라네."

"의원을 불러드리겠습니다."

"잠시. 의원은 나중에…… 그 전에 할 말이 있네."

망료는 남들의 눈에 뜨이면 안 될 것처럼 자꾸만 주위를 둘러보았다. 추효가 눈치 빠르게 안쪽 작은 방으로 망료를 안내했다.

방에 들어가 차 한 잔을 마신 망료가 그제야 긴 숨을 내쉬었다.

"허어, 좋다."

"형님. 무슨 일이 있었는지 말씀 좀 해 보십시오. 이 아우 속 타 죽습니다."

망료는 갑자기 큰 소리로 껄껄 웃었다.

"석림방 혈사를 일으킨 놈들을 만났네. 놈들과 싸우다

약간의 부상을 입었지."

"네에?"

"여간 독종 놈들이 아니더군."

"홍수를 벌써 잡으셨습니까? 그것 잘됐군요! 놈들 때문에 운남이 뒤숭숭해서 저도 염려하고 있었는데 말입니다."

망료가 은근히 목소리를 낮추었다.

"내 그 일로 아우님과 긴히 상의할 일이 있어 찾아왔네."

"그게 뭡니까?"

누가 들으면 안 된다는 듯 망료는 추효에게 몸을 가까이 했다.

사실 전음으로 하면 되는 일이다. 그런데도 망료의 그 불필요한 몸짓이 오히려 추효에게 은밀함과 궁금함을 증폭시켰다.

"어제 놈들이 암부를 잿더미로 만들었다네."

"예?"

추효는 깜짝 놀랐다.

"멸문입니까?"

"그렇다네. 한 명도 빠짐없이."

얼마 안 되는 사이에 운남의 오대독문 중에 둘이 멸문한 사건이었다. 보통의 일이 아닌 것이다.

"아니, 어떻게 암부를?"

"쉿. 나 말고는 아직 아는 사람이 없으니 목소리를 낮추시게."

"아, 예예."

망료가 자신의 모습을 눈짓으로 가리켰다.

"내가 도착했을 땐 이미 놈들이 일을 마치고 달아나려는 중이었네. 그때 놈들과 싸우다가 불길에 휩싸여 이리되었지."

"허어, 도대체 어떤 놈들이⋯⋯."

"아쉽게도 불길 때문에 사로잡고 할 상황이 아니었네. 어쩔 수 없이 살수를 써야 했지. 딱 한 놈만 제외하고는."

"한 놈이요?"

"절름발이."

추효의 눈이 가늘어졌다.

"최근에 소문이 난 그놈 말씀이십니까?"

"맞네."

"놈이 그렇게 고수입니까?"

망료는 피식 웃으며 손을 내저었다.

"고수가 아닐세. 알고 보니 절름발이는 그저 놈들의 앞잡이 노릇을 하던 자더군. 무공이 삼류 잡배 수준이라 방심하고 잠시 눈을 뗐더니 다른 놈들을 죽일 때 달아나 버렸어. 쭛."

진자강을 삼류 잡배라고 부를 때 망료는 약간의 쾌감마저 느꼈다.

하나 그것도 모르고 추효는 진지했다.

"소문이 부풀려진 것이었군요."

"워낙 흉수들이 은밀하게 움직였기 때문에 제일 눈에 잘 띄는 절름발이만 알려진 것일세."

"한데 왜 상처도 돌보지 않고 저를 찾아오신 겁니까?"

전후 사정은 알았으니 본론을 얘기해 달라는 뜻이다.

망료가 슬쩍 미소를 지으며 말했다.

"어허, 아우님. 아직도 내가 왜 아우님을 찾아왔는지 모르겠는가?"

"잘⋯⋯."

망료가 더욱 은밀하게 목소리를 낮춰 말했다.

"두 자리가 비었네."

망료가 미소를 더욱 짙게 머금었다. 추효는 망료의 미소를 보고 문득 깨닫는 바가 있었다.

"형님, 이 우제(愚弟)에게 가르침을 주십시오."

"석림방, 암부."

"아!"

그제야 망료가 무슨 말을 하는지 깨달은 추효였다.

심산유곡에 자리 잡은 문파와 달리 세속의 문파는 각종

이권 사업을 펼치고 있다. 심지어 석림방만 하더라도 수십 개의 광산을 가지고 있었다.

운남에서 오대독문이 가진 이권은 실로 적지 않은 것이다. 때문에 지독문이 망했을 때 그 이권의 대부분은 사실상 독곡으로 넘어가기도 했다.

"암부는 대외적으로 일반인들에게는 노출되지 않은 문파지만, 대신 감시와 연락망 구축을 위해 수많은 객잔과 주점, 다관을 운영하고 있었네. 수익이 연간 수천 냥은 족히 될 걸세."

그 운영권을 가진 암부의 자리가 비어 있다.

누군가는 암부의 자리를 대신해야 한다.

그것이 망료가 던진 말의 의미다!

추효는 마른침을 꿀꺽 삼켰다.

하나 표정은 아직 긴가민가하다.

"형님, 하지만 그건 전부 독문의 사업이 아닙니까. 독곡이 가만히 있지 않을 텐데요."

"독곡이 아무 말도 하지 못할 만큼의 명분이 필요하겠지. 이를테면……."

망료는 중요한 얘기를 하기 위한 듯 잠시 뜸을 들였다가, 불에 타 그슬린 손으로 추효의 어깨를 짚었다.

"암부에서 흉수를 잡은 게 내가 아니라 오조문이라던

가."

추효의 입이 떡 벌어졌다.

"운남을 뒤집어 놓은 흉수들을 처치한 공을 세웠으니 무림총연맹 중앙 본단에서는 오조문에 포상을 내리겠지. 그정도면 어떻겠는가?"

"혀, 형님…… 제, 제가 어찌……."

그건 어마어마한 선물이었다. 석림방, 암부 등 무림총연맹에 가입한 문파를 습격하고 운남을 뒤흔든 흉수를 잡은것은 커다란 공이었다.

망료는 애써 씁쓸한 표정을 지었다.

"어차피 나야 어디 몸담은 데도 없고, 공을 세워 봐야 저승에 싸 갈 것도 아니지. 반면에 자네는 장성한 아들도 있고, 자네 부친이 물려준 이 오조문도 크게 키워 나가야 할사람이 아닌가."

"형님……."

추효는 감동해서 눈물까지 글썽거렸다.

"어허 이 사람, 감동하긴 이르네. 아직 다 된 게 아냐. 자네가 해 줘야 할 일이 남았어."

"그게 뭡니까. 말씀만 해 주십시오. 내 목숨을 다 바쳐서라도 형님의 은혜에 보답하겠습니다!"

"목숨까지 바칠 건 없고, 이것도 어찌 보면 자네를 위한 일이니까."

망료가 말했다.

"절름발이. 놈을 잡아야지."

추효의 눈이 번뜩였다.

"그놈이 이쪽으로 달아난 걸 확인했네. 내 그래서 주저
없이 아우님에게 달려온 걸세."

"하면!"

"조만간 놈이 이곳을 지나갈 게야. 놈을 사로잡아서 놈
들을 사주한 배경을 알아내게. 그래야 아무도 자네의 공로
를 무시할 수 없게 될 걸세."

망료가 낮은 목소리로 넌지시 말했다.

"하면 독곡도 아무 말을 못 하겠지. 이를테면 오조문이
암부의 사업을 넘겨받는다던가 해도 말일세."

추효의 얼굴에 탐욕이 일렁였다.

무공이 삼류 수준인 절름발이를 잡기만 하면 암부의 사
업이 통째로 넘어오게 된다. 오조문의 덩치가 여섯 배, 아
니 열 배로 순식간에 커지게 될 것이다.

"놈을 꼭 잡아야겠군요."

"그야 두말할 필요가 없는 일이지."

망료가 그제야 얼굴을 펴고 껄껄 웃었다.

"자, 이제 무사들을 불러 모으게. 어서 놈을 찾으러 가야

지."

"아닙니다, 형님. 나머지는 제게 맡겨 주십시오. 새 옷도 준비하고 의원도 불러드릴 테니 며칠 푹 쉬고 계십시오. 제가 놈을 잡아다 바치겠습니다."

"이 사람아, 내게 바칠 게 아니래도 말일세. 껄껄껄. 뭐, 좋네. 그럼 나머지는 아우님께 맡기고 난 잠시 쉬도록 하지. 이번 일이 잘되면 나중에 오조문에 나 살 방이나 한 칸 내주게."

"잘되면 그리하다니요, 섭섭하게 그게 무슨 말씀이십니까. 이번 일이 아니더라도 전 당연히 그럴 생각이었습니다."

그때 갑자기 생각난 듯 망료가 물었다.

"아, 혹시 지필묵을 준비해 줄 수 있는가?"

"물론이지요. 어디 서신이라도 보내실 겁니까?"

"일단은 무림총연맹에 적당히 보고서를 보내 둬야 하니 말일세. 암부를 공격한 흉수를 쫓고 있다고. 그래야 나중에라도 오조문에 유리해질 걸세."

"그런 일이라면 바로 준비해야지요. 서신을 쓰시면 바로 보내실 수 있도록 사람도 미리 불러 놓겠습니다."

"고맙네."

"그건 제가 드릴 말씀입니다, 형님."

망료와 추효는 손을 꾹 맞잡았다.

감동한 추효만큼이나 망료의 표정에도 감회가 어렸다.

그러나 둘이 느끼는 감정의 이유는 전혀 다른 것이었다.


＊　　　＊　　　＊


백리중은 긴급으로 날아온 망료의 비밀 서신을 받았다.


　암부 멸문.

　암부의 전 사업을 독곡에 귀속 바람.

　지급(至急).


백리중의 미간이 깊게 찌푸려졌다.

벌써 운남의 오대 독문 중 세 개가 날아갔다.

운남의 독문은 현재 무림총연맹의 소속이었다. 운남의
독문 자체는 무림총연맹 전체에서 큰 부분을 차지하지 않
는다 하더라도, 독문을 무림총연맹으로 끌어들인 백리중의
입장이 난처해질 수밖에 없었다.

"대체 무슨 짓을 꾸미는지……."

암부의 사업을 독곡에 밀어주라는 부탁은 그리 어려운
일은 아니다.

원래 무림총연맹은 소속 문파 간의 갈등을 해소하고 이권을 중재하는 역할을 한다. 암부의 재산을 처분하기 전에 당분간 독곡에 위임한다는 공식 서신 한 장이면 족하다. 재산을 빼돌리든 뭘 하든 간에 나머지 뒷일은 독곡이 알아서 할 것이다.

하나 백리중과 독곡의 사이가 좋지 않은데, 왜 굳이 독곡을 밀어주라는 것인지 알 수가 없는 노릇이다.

"흠."

백리중은 잠시 고민하다가 붓을 들었다.

망료가 부탁한 대로 암부의 사업권을 임시로 독곡에 맡겨 둔다는 서신을 작성하기 위함이었다.

서신 작성을 마친 백리중은 대나무 통에 서신을 넣고 밀랍 덩어리를 얹었다. 거기에 손바닥을 얹고 내공을 끌어 올리자, 스르르륵 밀랍이 녹으며 대나무 통이 봉인되었다.

사람을 불러 그것을 보내도록 시킨 후, 혼잣말로 중얼거렸다.

"무슨 생각이든 원하는 결과가 나와야 할 거야. 결과가 좋지 않으면 내가 매우 화날 테니까."

第二章

고양이의 꼬리

진자강은 철산문으로 바로 가지 않았다.

시간은 급했으나 하루를 쉬며 늦추었다.

철산문까지 안전하게 가려면 꼭 필요한 일이었다.

다행히 하루가 지나자 암부가 멸문했다는 소식이 귀에 들려왔다.

초조하게 결과를 기다리고 있던 진자강은 그제야 안심하고 길을 나설 수 있었다.

'암부가 퍼뜨린 수배를 피하려면 암부가 망했다는 소문이 나야 내가 안전해진다.'

암부는 절름발이, 즉 진자강에 대한 수배령을 내렸다.

그러나 이젠 암부가 망했으니 절름발이를 찾아도 보고할 곳이 없어지고 만 것이다.

그럼 당연히 현상금을 노리는 이들도 굳이 진자강을 찾으려 들지 않을 터였다.

상대적으로 사람들의 눈길을 덜 받아도 되는 것이다.

하여 진자강은 평범하게 행동했다.

일부러 험한 산길로 가지도, 밤에만 몰래 다니지도 않았다. 당당하게 드러내 놓고 다닐 필요까지는 없었지만 굳이 숨어다니지도 않았다.

혹시나 '그'가 숨어서 지켜보고 있을지 모르기 때문에 인적이 너무 드문 곳으로 다니는 것만큼은 주의했다.

신경 써서 발을 절지 않고 걸을 수도 있었으나 '그'가 알아볼 수도 있었으므로 진자강은 평소대로 절룩이며 걸었다.

간혹 진자강을 의심의 눈으로 지켜보는 자들이 아직 있긴 했다.

하나 대부분은 긴가민가하고 마는 투였다. 설사 진자강이 소문의 절름발이라 하더라도 그들이 뭘 어쩔 수 있는 건 아니었으니 말이다.

때문에 진자강은 생각보다 편하게 길을 갈 수 있었다.

철산문까지 가는 방법을 고민할 필요가 없게 되었으니, 철산문을 처리할 방법만 생각하면 되었다.

'철산문은 암기가 골칫덩이지.'

철산문은 우산에서 발사되는 암기를 쓰기 때문에 정면에서 다수를 상대하는 건 어려웠다. 아무리 독에 강한 진자강이라 하더라도 온몸이 고슴도치가 되는 건 사양이었다.

게다가 암부의 멸문 소식이 철산문에도 들어갔을 테니 뻔히 대비가 되어 있을 터였다. 정면 승부는 불가능하니 그 대비를 역이용해 빈틈을 파고들어야 한다.

'철산문이 얼마나 준비했는지 알려면 도착해서 상황을 봐야 하겠어. 시간이 꽤 빠듯하겠군.'

진자강은 조금 더 걸음을 서둘렀다.

*　　　*　　　*

추사진은 이른 아침부터 어여쁜 부인의 배웅을 받으며 문파를 나서고 있었다.

추사진은 호둔검 추효의 외동아들로 이십 대 초반의 혈기왕성한 청년이었다. 외동아들이라 대를 이어야 하기 때문에 일찍 혼인을 하긴 했으나 중매치고는 금슬이 좋은 부부였다.

"여보, 너무 조급해하지 마세요."

부인이 초조한 추사진을 위로했다.

추사진은 부인을 보며 멋쩍게 웃었다.

"오늘로 벌써 닷새째인데 아직 아무 성과도 없소. 이러면 백부님을 뵐 면목이 없어."

"좋은 소식이 있을 거예요."

"이번 기회를 놓칠 순 없소. 그자만 잡으면 우리 오조문은 운남에서 손꼽는 대문파가 될 수 있소. 나만 잘하면 되는 거요."

"그래도…… 다치지 않도록 조심하시구요."

"그자는 남들의 앞잡이나 하는 하류 잡배요. 내가 위험할 일은 없을 거요. 하지만 내 당신을 봐서 조심하리다."

"다녀오세요."

추사진은 배웅을 받으며 오조문을 나섰다. 밖에 세 명의 무인들이 기다리고 있었다.

"갑시다."

추사진은 부친인 호둔검 추효의 명대로 매일 오조문의 무인들과 함께 부근의 마을을 수색하고 있었다.

추사진과 함께 다니는 게 세 명일 뿐이지 실제로는 오조문 소속 부인 전원이 투입된 대형 행사다. 서기나 인맥으로 모은 삼십 명을 더해 총 팔십 명의 인원이 이번 일에 동원되었다.

그만큼 절름발이의 검거에 오조문의 흥성(興盛)이 달려

있는 탓이었다.

그만큼 추사진은 부담이 심했다.

추사진이 탄 말의 고삐를 쥔 무인이 추사진에게 말했다.

"너무 걱정 마십쇼, 소문주님. 저희가 인근 삼 개 현에 전부 인원을 파견해 뒀으니 절대로 빠져나갈 수 없을 겁니다."

"그래야지. 이번 일은 반드시 성공해야 하네."

무엇보다 이 커다란 먹이를 거저먹으라고 앞에까지 가져다준 망료에게 미안해서라도, 불철주야 오조문을 위해 고생하는 부친을 위해서라도 실패할 수 없었다.

"가지."

"예."

다그닥, 다그닥.

추사진과 세 무인은 미리 정해 둔 지역들을 돌기 시작했다.

수색은 주로 무관이나 다관, 객잔들을 돌아다니며 탐문을 하는 식으로 진행되었다.

오전부터 내내 탐문을 다니던 추사진들의 앞에 소규모 무관이 보였다.

추사진이 말에서 내려 무인들과 함께 무관 안으로 들어갔다.

무관의 사범이 포권으로 추사진을 맞이했다.

"어서 오시오. 오조문의 추 소협이 여기까진 어인 일이시오."

추사진도 정중히 포권하며 인사했다.

"안녕하십니까, 황 사범님. 한 가지 여쭤 볼 게 있어 왔습니다."

"뭔데 그러시오?"

"혹 최근에 타지에서 온 십 대 후반에서 이십 대 초쯤의 나이에 발을 저는 젊은이를 보신 적이 있습니까?"

"발을 저는 젊은이?"

사범이 고개를 갸우뚱하며 생각하는데 뒤에서 무관의 제자 한 명이 말했다.

"어? 그런 사람이라면 제가 본 적이 있는 것 같은데요."

"언제 말입니까?"

"조금 전 삼거리를 지나오다가 봤습니다. 단야산 쪽으로 가고 있었고요. 행색이 외지에서 온 사람임에 분명했습니다."

추사진은 귀가 번쩍 뜨였다. 제자와 사범에게 급히 포권했다.

"우리가 찾고 있는 자가 맞다면 나중에 꼭 다시 들러서 사례하겠습니다. 그럼!"

추사진은 오조문의 무인들과 함께 단야산 쪽으로 서둘러 갔다.

제법 신뢰가 갈 만한 단서였다. 괜히 지체해서 놓칠 순 없었다.

무인 한 명이 물었다.

"고문께 연락을 드릴까요?"

"아니, 우리가 놈을 잡아서 백부님께 데려가도록 하자."

절름발이에 대한 단서는 처음이 아니었다. 하나 대부분 잘못된 제보가 많았다. 가 보면 절름발이는 맞는데 나이가 사십 대라거나, 아예 다리를 못 쓰는 앉은뱅이라거나, 성별이 여자라거나 했다.

그렇다 보니 제보가 들어올 때마다 매번 백부인 망료를 불러다 확인시킬 수는 없는 노릇이었다. 때문에 추사진은 최소한 비슷한 놈이라도 찾으면 그때 데려가 확인시킬 생각이었다.

망료의 말에 의하면 어차피 무공도 삼류 수준이라 하니 별로 걱정할 부분이 아니었다. 그자가 찾고 있던 절름발이가 아니라 다른 자일까 봐 그게 걱정될 따름이었다.

추사진과 세 무인이 달려서 단야산 아래까지 도착했을 때였다.

한참 앞에서 약간 마른 체구의 젊은이가 막 산길을 오르고 있는 게 보였다.

"헛! 소문주님?"

무인들이 눈을 휘둥그레 뜨고 추사진을 쳐다보았다. 추사진의 얼굴에도 웃음이 떠올랐다.

"이번 제보는 제대로구나!"

산을 오르는 젊은 청년은 한쪽 다리를 절고 있었던 것이다.

추사진은 청년을 뒤쫓아 가며 힘껏 외쳤다.

"잠시 멈추시오!"

청년은 추사진이 몇 번이나 소리쳐 부르고 나서야 멈춰섰다.

가까이 다가간 추사진이 말에서 내렸다.

"워워."

추사진은 말의 고삐를 잡아 진정시킨 후 청년의 얼굴을 재빨리 훑어보았다.

청년의 얼굴은 평범해 보였다. 오래 여행을 한 사람처럼 흙먼지를 뒤집어쓰고 다소 꼬질꼬질해 보이는 것이, 외지에서 왔다는 걸 확실히 보여 주고 있었다.

추사진이 가볍게 포권했다.

"나는 오조문의 추사진이라고 하오."

청년은 고개를 살짝 끄덕였다. 오조문의 이름을 댔는데도 모르는 듯한 눈치다.

"무슨 일이십니까?"

청년의 목소리는 갑작스러운 일에 비해 너무 담담했다. 평소의 추사진이라면 그것이 더 이상하다 여겼을 테지만, 지금은 다소 들뜬 탓에 지나치게 태연한 청년의 태도가 이상하다는 생각을 하지 못하고 있었다.

"몇 가지 물어볼 게 있어 무례를 무릅쓰고 소협의 걸음을 멈추게 했소."

"제가 갈 길이 바쁜데……."

추사진이 재빨리 물었다.

"어디로 가시는 길이오?"

"단야산을 넘어 송천으로 갑니다."

"소협의 성명이 어찌 되오?"

"왕모입니다."

"호패를 보여 줄 수 있겠소?"

"지금 가지고 있지 않아서 곤란한데요……."

나라 법이 제대로 정비되지 않아 호패를 가지고 있지 않은 이는 꽤 많다. 하나 호패는 그저 핑계일 뿐이다.

잘됐다는 듯 추사진이 요구했다.

"하면, 우리와 잠시 가 줄 수 있겠소?"

"예?"

추사진이 가슴을 내밀고 자부심 가득한 어조로 말했다.

"우리 오조문은 무림총연맹에 가입되어 있는 문파요."

그 말을 들은 순간 청년의 표정에 살짝 변화가 있었다.

무림총연맹이란 말이 나오자마자 동요하는 것이 보인다. 추사진이 말을 덧붙였다.

"즉 우리 오조문의 행사가 곧 무림총연맹을 대신한다고 볼 수 있소. 바쁘더라도 협조해 주셨으면 좋겠소이다."

추사진은 만일의 사태에 대비하여 검의 손잡이에 손을 올려놓은 채였다. 정파의 출신답게 말은 공손했으나 행동은 거의 협박에 가까웠다.

청년이 억울하다는 듯 항변했다.

"무림총연맹이 관아도 아니고 애먼 사람을 함부로 데려가는 법이 어디 있습니까. 당신들이 오조 뭐인지 산적인지 제가 어떻게 알고 따라갑니까?"

그제야 뒤따라온 무인들이 청년에게 다가서며 벌컥 화를 냈다.

"오조 뭐라니! 오조문은 오래된 전통을 가진 명문 문파란 말이다!"

"우리 오조문을 모르는 걸 보니 네놈은 분명 이곳 사람이 아니렷다!"

청년이 대답했다.

"저는 그냥 볼일이 있어 이곳을 지나고 있을 뿐입니다."

추사진이 심각한 표정으로 칼자루를 힘껏 쥐었다.

확실한 협박의 의미다.

"우리는 지금 매우 흉악한 자를 쫓고 있소. 소협이 의심받고 싶지 않다면 우리와 동행해 줘야 할 것이오."

청년이 눈을 동그랗게 뜨고 되물었다.

"그렇게 흉악한 자입니까?"

"흉악한 놈이지."

무인들이 대답했다.

"수백 명을 학살하고 돌아다닌 아주 악질 중의 악질이다."

"혼자서요?"

"그렇지. 놈 혼자서."

청년이 눈을 크게 뜬 채로 끔벅거렸다. 어찌 보면 겁을 먹은 것처럼도 보였다.

추사진과 무인들이 서로 마주 보았다. 청년의 표정이 너무 순박해서 아무래도 아닌 듯한 느낌이 들었다.

하나 아직은 알 수 없는 일이었다.

청년이 갑자기 손사래를 쳤다.

"에이이, 세상에 그런 사람이 어딨습니까. 혼자서 수백 명을 학살하다니요. 사람이 어떻게 그럴 수가 있습니까."

"으응?"

추사진과 무인들은 괜히 부풀려 말했다가 좀 난감해졌

다. 그렇다고 이제 와서 '사실 흉악범이라고 하긴 좀 그렇고, 그놈들의 앞잡이를 찾고 있다.'고 할 수도 없는 것 아닌가.

무인들이 추사진의 눈치를 보다가 대신 나서서 윽박질렀다.

"어허! 그럼 우리가 거짓말을 한단 말이냐?"

"감히 우리 오조문을 뭐로 보고!"

청년이 항변했다.

"아니 그게 아니고 말입니다."

"아니면 뭐!"

"정말 그런 사람이 있는지 궁금해서 그렇습니다. 정말 흉악하고 무서운 사람이 맞습니까?"

무인들이 소리를 질렀다.

"그렇다니까!"

"그런데 말입니다."

청년은 의아하다는 듯 추사진과 무인들을 보며 되물었다.

"그런 무서운 사람을요, 당신들이 어쩌겠다고 찾아다니는 겁니까?"

"뭐, 뭣?"

추사진은 당황스러워서 얼굴이 벌게졌다.

"아니, 지금 뭐라고……!"

세 무인들이 소리쳤다.

"감히 오조문을 우습게 여기는 거냐!"

청년이 대답했다.

"오조문은 모르겠고, 지금 여기 있는 당신들에게 묻는 겁니다."

청년의 표정은 여전히 담담한데 말에 담긴 의미가 어찌나 섬뜩한지, 추사진과 무인들의 등줄기엔 소름이 다 끼쳤다.

"이, 이 자식이!"

무인들이 어쩔 줄 모르고 추사진을 쳐다보았다.

하지만 추사진도 할 수 있는 게 별달리 없었다.

추사진은 분을 억누르고 말했다.

"내가 소협에게 무례했나 보구려. 실례가 되지 않는다면 잠시 우리를 따라……."

청년은 기다렸다는 듯이 대답했다.

"실례가 됩니다. 그럼."

청년은 그렇게 대답하고는 그냥 가려 했다.

그것을 가만 내버려 둘 수는 없는 일이었다.

스르렁!

추사진과 무인들은 칼을 뽑고 청년의 앞을 가로막았다.

"건방진 앞잡이 놈이 주제도 모르고!"

"감히 우리를 능멸해? 아무래도 수상한 놈이로구나!"

그 순간 청년이 돌아보았다.

칼을 본 청년, 진자강의 눈에서 스산한 살기가 피어올랐다.

진자강도 처음엔 추사진과 무인들이 현상금을 노린 이들 정도인 줄 알았다. 얘기가 잘 통한다면 적당히 둘러대고 돌려보낼 생각도 있었다.

하나 추사진이 스스로를 무림총연맹에 가입되어 있다고 함으로써, 그리고 위협적으로 칼을 뽑음으로써 상황은 달라졌다.

정파의 협객들이 모였다는 무림총연맹.

그러나 추사진이 보이는 모습의 어디가 협객이란 말인가?

이미 무림총연맹에 크게 데인 진자강으로서는 무림총연맹이란 말만 들어도 감정이 좋지 않을 수밖에 없었다.

하나 그 사실을 모르는 추사진은 무림총연맹의 이름을 내세워 진자강을 입박하려 했다.

생각해 보면 바보 같은 짓이었다.

석림방과 암부를 멸문시킨 흉수들이 무림총연맹을 두려워했다면 애초에 그런 일을 벌이지도 않았을 게 아닌가!

물론 추사진은 진자강이 흉수들 중 한 명이 아니라 '앞잡이' 정도로만 알고 있기에 한 행동이었다.

　진자강의 살기에 놀란 추사진과 무인들을 향해, 진자강이 말했다.

　"나는 오조문을 모르고, 오조문과 원한을 가질 이유도 없습니다. 이대로 돌아가시기 바랍니다."

　그러나 그 말만 듣고 돌아설 추사진이 아니다. 애초에 돌아갈 생각도 없었다. 다만 진자강의 살기를 느끼고 잠시 멈칫했을 따름이었다.

　'일개 앞잡이가 보이는 기세치고는……'

　하지만 간혹 사람 죽이는 일을 가축 도살하는 일보다 쉽게 여기는 자들은 저런 눈빛을 하고 있기도 했다.

　그렇다면 저것은 허세일 수도 있다!

　앞잡이에게 단순히 기세에서 밀려 버렸다는 생각이 들자 추사진은 자존심이 상했다.

　추사진이 눈짓을 했다.

　추사진과 무인들은 칼을 뽑아 든 채 진자강을 포위했다.

　"우리도 소협에게 원한은 없으나 그냥 돌아갈 수 있는 사정은 아니라는 걸 알아주시오. 끝내 소협이 우리를 따라오지 못하겠다면 강제로라도 동행하셔야겠소."

　진자강의 표정이 서늘해졌다.

"싫다고 말했습니다만."

추사진은 단호히 말했다.

"우리는 암부에서 사라진 절름발이를 찾고 있소. 우리를 따라가 몇 가지 확인을 하고 나서, 소협이 우리가 찾는 자가 아니라면 내 몇 번이든 사과하고 돌려보내 드리리다."

그 말에 진자강은 문득 생각이 들었다.

'몇 가지 확인을 한다고?'

드디어 무림총연맹이 독문의 일에 개입하기 시작한 것일까?

하지만 추사진이 한 말을 곱씹어 보면 그런 건 아닌 듯했다.

만일 무림총연맹이 공식적으로 나섰다면 추사진이 '오조문의 행사가 곧 무림총연맹의 행사다' 따위의 말을 하지 않았을 것이다.

'무림총연맹의 행사를 우리 오조문이 대신하고 있다'고 말했을 것이다.

즉, 이것은 오조문의 개인적인 일일 가능성이 크다.

진자강은 알지도 못하는 오조문이 진자강을 찾아 나섰다는 것, 그것은…… 곧.

'누군가 사주했다?'

추사진은 암부에서 사라진 절름발이라고 말했다.

진자강이 암부에 있었다는 걸 아는 사람은 진자강을 지켜보고 있던 '그' 밖에 없는 것이다!

진자강은 입술을 꾹 닫았다.

지금 이 자리에서 이들을 다 죽일 수도 있다. 그러나 이것이 자신을 지켜보고 있는 '그'가 사주한 짓이라면 말려들어서는 안 되었다.

어쩌면 이들을 다 죽이는 건 '그'나 그가 속한 세력이 바라는 바일 수도 있었다.

진자강은 자신을 가지고 노는 것 같은 '그'의 행동에 새삼 화가 났다. 그러나 '그'의 의도와 정체를 파악해 낼 때까지는 섣불리 행동하지 말아야 했다.

진자강의 가슴 앞에 칼이 드리워졌다.

"자, 어떻게 하시겠소. 순순히 따라가시겠소, 아니면 우리가 무력을 써야겠소?"

진자강은 살기를 가라앉히고 추사진의 말에 차분히 대답했다.

"나는 당신들이 찾고 있는 사람일 수도 있고, 아닐 수도 있습니다. 그러나 내가 당신들을 따라가는 일은 없을 겁니다."

칼을 거의 명치에 닿을 듯 들이대고 있었는데도 진자강은 전혀 겁먹지 않았다.

"반항하겠다는 뜻인가?"

"아니."

진자강이 추사진을 보고 말했다.

"당신들이 날 데려가야 할 곳까지 멀쩡히 갈 수 있을지 몰라서 그렇습니다."

"뭐?"

추사진은 어이가 없어 웃음이 다 나왔다.

"칼을 코앞에 두고 그런 말을 해? 도대체 어디서 그런 자신감이 나오는지 모르겠군!"

곁의 무인들도 이죽거렸다.

"설마 네놈이 우리의 다리를 부러뜨려서 못 가게 하겠다…… 뭐 그런 말을 하려는 건 아니지?"

"네놈이 허세를 부리고 있는 거 다 알아. 어디 한 군데 날아가기 전에 조용히 따라오는 게 좋을 거다."

하지만 진자강은 표정 변화 없이 대답했다.

"당신들, 함부로 움직이면 죽습니다."

"……?"

"그게 무슨 헛소리냐?"

"소문주님, 아무래도 이놈이 자꾸 수작질을 하는 걸 보니 우리가 찾는 놈이 맞는 것 같습니다."

추사진이 진자강에게 호통을 쳤다.

"네 이놈! 어디 간사한 말로 상황을 모면하려 드느냐. 더이상 말로 해선 안 되겠구나!"

추사진이 칼을 들어 진자강의 목에 가까이 대고 위협했다.

그러나 진자강은 조금도 움츠러들지 않았다.

진자강은 땅을 턱짓했다.

"밑을 보시죠."

추사진과 무인들은 진자강이 이제껏 겪었던 강호 경험이 풍부한 고수들과는 달랐다. 진자강의 말에 무심코 아래를 보았다.

"아래에 뭐가……."

진자강은 이미 백회로 기운을 받아들여 한 줌의 내공을 생성시킨 상태였다.

호흡을 멈추고 내공을 몸에 돌리며 빠르게 보법을 사용했다. 목에 들이대져 있는 칼을 피해서 몸을 낮추며 회전하여 순간적으로 칼의 범위를 빠져나왔다.

"앗!"

진자강이 바닥에 붙은 상태에서 동작을 크게 했기 때문에 펄럭거리며 옷 바람이 일었다.

파악!

추사진이 멈추라고 소리를 쳤을 때부터 미리 뿌려 둔 독의 분말이 바람에 날렸다. 흙먼지를 터는 척하면서 도포해 두었던 독 분말이다.

"이놈!"

추사진은 뿌연 가루가 날리는 걸 보았지만 흙먼지겠거니 생각하고 비랑경파(泌浪鯨波)의 초식으로 검을 휘둘렀다. 흐르는 물결처럼, 하지만 큰 격랑처럼 묵직하게 검초를 사용하는 것이 특색인 오조문의 독문 검법이었다.

추사진은 어려서부터 체계적인 수련을 받아 왔기 때문에 실력은 나쁘지 않았으나, 그렇다고 진자강이 이제껏 만나온 고수들만큼은 아니었다.

기본적으로 매 공격이 살수인 그들에 비하면 너무 평이하다는 생각이 들 정도의 검초였다. 검은 느렸고, 검 끝에는 꼭 죽이겠다는 살기도 없었다. 공격도 치명적인 상처가 되지 않는 부위만을 노리고 있었다.

허점까지 뻔히 보였기 때문에 진자강은 굉장히 쉽게 검을 피해 냈다.

그런데 추사진의 검은 교묘하게 방향을 틀어서 진자강을 쫓아왔다.

'음?'

진자강은 생각외의 방향에서 검이 날아들자 다소 놀랐다. 왠지 '걸려들었다'는 생각이 들었다. 분명히 공격을 모두 피하고 있는데 외려 점점 더 압박되는 듯하다.

거미줄의 가운데를 향해 점점 몰리는 느낌과도 비슷했다.

사실 제대로 된 검초를 보는 건 진자강도 처음이다. 사파에 가까운 독문 고수들은 실용적인 단초(單招)를 주로 썼기 때문에 연속적으로 이어지는 초식을 경험한 적이 없었던 것이다.

오조문의 검법은 오래된 역사를 가진 만큼 검초에 실린 깊이가 얕지 않았다. 검의 궤적은 느긋했으나 쓸모없는 군더더기가 별로 없었고, 뻔히 보이는 허점은 알고 보면 사실 허점이 아니었다.

진자강은 점점 피할 구석이 사라지는 걸 깨달았다.

'검초의 의미가 이런 식이었구나.'

진자강은 자신이 약문의 생존자들에게 전수받은 도법과 검법의 초식에 대해서 다시금 생각해 보게 되었다.

물론 내공을 일시적으로 한 줌밖에 사용할 수 없는 진자강에게 이런 연속적인 초식의 운용은 무리다.

아까 받아들였던 한 줌의 내공도 이미 고갈되었다.

진자강은 이를 꾹 깨물었다.

피잇!

진자강의 어깨를 추사진의 검이 스치고 지나가며 피가

튀었다. 얕지 않은 상처였다.

추사진이 좀 더 노련했다면 자신의 검법이 예리해서 공격이 성공한 게 아니라는 걸 알았을 터였다. 이것은 진자강이 몰리고 있던 방향에서 벗어나려 스스로 낸 상처였다.

진자강은 달아나던 방향을 바꿔 추사진에게 달려들었다. 추사진은 초식 전개 중에 진자강이 튀어나오자 대경실색했다.

"어어어!"

급하게 새로운 초식으로 바꿔서 강제 연결하려다 보니 내기가 흐트러지고, 검에는 힘이 실리지 않았다.

그간 수많은 고수들과 생사결을 겨룬 진자강이다.

그리고 진자강은 그 싸움에서 모두 이겼다.

이번에도 마찬가지다. 진자강은 빈틈을 놓치지 않고 달려들어 추사진의 목울대를 손끝으로 찍었다.

푹!

"컥! 컥컥!"

추사진은 얼굴이 벌게져서 목을 붙들고 뒤로 물러났다. 죽일 생각은 아니었으나 고통이 상당할 터였다.

"소문주님!"

무인 들 중 한 명은 추사진을 보호하고 두 명이 진자강을 공격해 왔다.

그사이 진자강은 다시 한 호흡의 기운을 백회혈로 받아들여 내공을 만들었다.

좌우로 몸을 움직이며 칼질을 피하고 빗나간 칼질을 한 무인의 손목을 손날로 내려쳤다. 무인이 급히 칼의 방향을 돌리며 막으려 해 보았지만 진자강은 다른 손으로 칼등을 누르며 방해했다. 조금만 실수해도 손을 베일 수 있었으나 거침이 없었다.

퍽!

"으윽!"

반 호흡의 내공을 쓴 공격인지라 손날에 실린 힘이 상당했다. 팔 년이나 갱도에서 망치질을 했기에 근력 자체도 강했다.

무인은 손이 저려 칼을 놓쳤다. 진자강은 그 무인을 내버려 두고 다른 무인 쪽으로 몸을 돌렸다.

무인이 진자강의 허리를 횡으로 베어 왔다. 몸을 뒤로 피해야 마땅하나 진자강은 오히려 앞으로 바닥을 굴렀다.

칼이 헛되이 진자강의 머리 위를 지나갔다. 진자강은 무인의 뒤로 돌아가 남은 반 호흡의 내공을 손에 집중했다. 무인의 오른쪽 옆구리, 갈빗대의 아래에 손끝을 깊이 쑤셔 넣었다. 파고든 손가락에 갈빗대가 들리는 게 느껴질 정도로 깊이 들어갔다.

"끄아아악!"

무인이 자지러져라 비명을 지르며 몸을 오른쪽으로 웅크려 감싸 안았다. 너무 고통스러워서 다리에 힘이 풀려 무릎을 꿇기까지 했다.

추사진을 보호하기 위해 비켜 있던 무인은 놀라서 칼을 치켜들었다.

"가, 가까이 오지 마!"

진자강은 가까이 가지 않고 그냥 서서 지켜보기만 했다.

추사진은 진자강의 실력을 보고 자기들이 위기에 빠졌다는 걸 알았다. 딱히 대단한 무공은 아니었으나 그 수법이 매우 정교하고 실전적이었다. 게다가 그것은 아무리 잘 봐줘도 정파의 것은 아니었다.

"다, 당신! 도대체 어디 출신……."

"알 필요 없습니다."

"그런다고 우리가 물러설 줄 아는가!"

추사진은 호흡을 거칠게 쉬면서도 칼을 치켜들고 진자강의 앞을 막았다.

칼을 놓쳤던 무인도 다시 칼을 주웠고, 옆구리를 찍힌 무인도 얼굴을 잔뜩 찌푸린 채로 칼을 세웠다.

그러나 진자강은 그들의 행동에 아랑곳하지 않았다.

"아직도 모르고 있습니까?"

"뭐, 뭘 말이냐!"

진자강은 베인 어깨를 만져 보며 대답했다.

"당신들, 중독됐습니다."

"뭐?"

살포시 뿌려놨던 독 분말이 싸우는 도중에 계속 날아다 녔다.

그들은 이미 한참이나 흡입을 한 상태인 것이다.

그러나 추사진이나 무인들은 자신들이 중독됐다는 걸 전혀 몰랐다. 중독됐다고 믿지도 않았다. 진자강이 하독을 했다고 의심할 만한 상황이 전혀 없었고, 부작용이 아직 나타나지도 않았기 때문이다.

"당신들에게 운이 좋은 건 내가 해독약을 가지고 있다는 것이고, 불행한 건 시간이 지나면 해독약도 소용이 없다는 겁니다."

진자강은 무인들에게 걸어갔다. 무인들이 흠칫 놀라 물러났다.

하나 진자강은 그들을 지나쳐서 말에게 갔다.

이히히힝.

말이 투레질을 하자 갈기를 쓰다듬었다.

"무, 무슨 짓을 하려는 거냐!"

진자강은 대답 없이 소매에서 작은 약병을 꺼내 말의 안장 주머니에 넣었다. 그러곤 말의 엉덩이를 철썩 두드렸다.

놀란 말이 달려가기 시작했다.

두두두두.

진자강은 말의 뒤를 바라보다가 고개를 돌렸다.

"말은 귀소 본능이 있어서 자신이 살던 곳으로 돌아간다고 합니다. 지금 달려가면 늦기 전에 해독을 할 수 있을 겁니다."

"그, 그런 하찮은 수작에 우리가 걸려들 줄……!"

진자강은 추사진의 말을 잘랐다.

"내가 하찮은 수작을 부리는 게 맞다 하더라도 당신들이 내 말을 따르지 않고 할 수 있는 게 뭐가 있습니까?"

추사진은 말문이 막혔다.

진자강의 말대로다. 진자강은 별다른 무공이 없는 것 같은데도 묘하게 강하다. 싸워서 이길 자신이 없다.

"으으."

추사진은 입술을 깨물었다. 그러면서도 쉽게 물러설 수가 없었다.

추사진이 외쳤다.

"정파의 무인은 목숨을 구걸하지 않는다!"

추사진의 외침에 겁을 먹었던 무인들도 다시금 전의를 불태우는 모습이다.

진자강은 추사진을 빤히 쳐다보았다.

한순간 답답한 마음이 들었다. 화가 치민다.

뭐랄까, 이 어이없을 정도의 한심한 반응이란.

이제껏 진자강은 살아남기 위해서 지옥과도 같은 일들을 버텨 왔다. 객관적으로는 상대도 되지 않을, 손가락 하나로 진자강을 눌러 죽일 수 있는 고수들을 죽인 것도 살기 위해서였다.

물론 생존만이 목적이었던 건 아니다. 살아남아야 복수를 할 수 있기에 살아야 했던 것이다.

진자강도 한때는 정파의 무인이었다!

그러니까 추사진도 그럴 수 있다. 뚜렷한 목적이 있고 자신이 그것에 확고한 신념을 갖고 있다면 목숨을 걸 만하다.

그러나 지금은 그 어떤 상황도 아니지 않은가?

진자강이 슬슬 살기를 피어 올리며 물었다.

"당신들은 나와 목숨을 걸고 싸워야 할 만큼 대단한 원한이 있습니까?"

"그건 아니지만……."

"내가 당신들과 한 하늘을 이고 살 수 없는 불구대천의 원수입니까?"

"……."

"그런데 당신은 왜 내게 그런 적대감을 보이는 것입니

까?"

추사진은 적당한 대답을 하지 못했다.

이제껏 이런 반응을 접한 적이 없어서다.

추사진은 정파의 무인이라면 응당 상대의 협박에 굴하지 않아야 한다는 말을 귀에 딱지가 앉도록 듣고 살았다. 그게 당연하다 생각하고 살아왔다.

"그건……."

"당신들은 목숨을 구걸하지 않는다면서 나는 왜 원한 관계도 없는 당신들에게 목숨을 위협받고, 내 목숨을 보존하기 위해 당신들의 말에 따라야 합니까?"

"그야 우리는 정파니까……."

진자강은 그 대답에 조소했다.

"정파의 무인은 늘 정의롭다는 뜻입니까?"

이미 무림총연맹 운남 지부의 일을 겪은 진자강에게는 그 말처럼 가증스러운 것이 없었다.

"아니면 남은 틀렸고 본인만이 옳다는 뜻입니까?"

진자강이 보인 불편한 감정에 추사진은 당황했다.

상대의 원론적인 질문에 대답하기가 곤란했다.

그간 맹목적으로 따랐을 뿐, 정의의 기치에 대해 깊이 생각해 본 적이 없는 탓이었다.

하지만 물러설 수 없기에 추사진도 소리를 쳤다.

"그럼 너는 정의롭다는 것이냐!"

"그럴 리가 있겠습니까."

진자강은 당연하다는 투로 대답했다.

"내가 정의로울 수 있는 건 오로지 내 적들을 상대할 때뿐입니다."

추사진은 진자강의 대답에 다소 충격을 받았다.

복잡하지만 간단한 대답.

현학적이기까지 한 문구에 꿀 먹은 벙어리가 될 수밖에 없었다.

어떻게 보면 추사진은 운남을 혼란스럽게 만든 악당을 추적하는 중이지만, 거기에는 오조문을 키우겠다는 사심(私心)이 섞여 있는 게 사실이다.

사심이 섞여 있고서야 정의롭다고 말할 수 없지 않겠는가!

"으음."

추사진은 곤혹스러웠다.

하나 진자강은 어차피 추사진이 무슨 생각을 하든 상관없었다.

"가십시오. 하지만 다시 나를 쫓아온다면 다음번엔 경고가 없을 겁니다."

진자강은 추사진과 무인들을 무시하고 그냥 갈 길을 가

버렸다.

추사진은 진자강의 뒷모습을 보며 칼을 힘껏 잡아 보았지만 그렇다고 휘두르진 못했다.

조금 전 진자강이 보인 실력에 주눅이 들었고, 진자강이 한 말은 자꾸만 귓가를 맴돌았다.

분하고 자존심도 상했지만 손이 떨려서 아무것도 할 수가 없었다.

그사이 진자강은 점점 멀어져 갔다.

추사진이 진자강에게서 알아낸 건 결국 아무것도 없었다.

먼저 정신을 수습한 무사가 말했다.

"소문주님, 군자는 물러설 때를 아는 것도 중요합니다. 저놈은 우리가 감당 못 합니다. 차라리 빨리 백부님께 알리는 게 좋겠습니다."

추사진은 고개를 끄덕였다.

"우린 남아서 놈이 다른 곳으로 도망가는지 확인할 테니 자네가 백부님을 모셔와 주게."

추사진과 무인 둘이 남고 한 명을 보내서 망료를 불러오기로 했다. 무인은 바로 달려갈 차비를 했다. 하지만 왠지 표정을 찡그리며 배를 만졌다.

"왜 그러나?"

"배가 조금…… 아닙니다. 다녀오겠습니다."

무인이 오조문으로 달려가는 걸 본 추사진은 곧 진자강의 뒤를 쫓으려 했다.

한데 왠지 속이 거북해지고 있었다.

추사진이 무인들을 보니 무인들 역시 표정이 좋지 않다.

"자네들은 왜 그런가?"

"저희도 배가……."

꿀꺽.

추사진은 자기도 모르게 마른침을 삼켰다.

혹시나…… 저 청년의 말이 사실이었다면?

자신들이 중독되어 있는 거라면?

아니, 그럴 리가 없다. 하지만 청년은 거짓말을 한 것 같지 않았다.

지금이라도 오조문으로 돌아가 말의 안장에 있는 해독약을 구해야 하는 게 아닐까?

"음?"

갑자기 입에 침이 고이며 시고 쓴 맛이 났다.

무인들도 기분이 나빠졌는지 침을 뱉었다.

"퉤. 아무래도 좀 이상합니다. 이 자리에서 벗어나는 게 좋겠습니다."

"그게 좋겠네."

입이 말라오고 괜히 식은땀이 나기 시작했다. 머리가 핑 돌고 배가 쿡쿡 쑤셔 왔다.

"으윽."

추사진은 배를 꽉 붙들었다. 얼굴이 경악으로 물들었다.

"저, 정말 중독됐구나!"

추사진과 두 무인은 급히 자리를 물러나서 커다란 바위로 가 몸을 기대앉았다.

도저히 진자강을 쫓아갈 수 있는 상황이 아니었다.

"소, 소문주님!"

"크윽, 놈의 말이 맞았어. 말을…… 찾아서 해독약을 가져와야…….."

하지만 다리까지 후들거려 걸을 수가 없었다. 이대로라면 아까 달려간 무인이 망료를 부르고 말을 찾아 해독약을 가져오길 기다릴 수밖에 없었다.

"끄으으윽!"

무인 한 명은 바닥을 굴러다녔다.

"아이고, 배야! 배…… 배가!"

추사진도 바위에 기댄 채 이를 악물고 고통을 참았다.

정파의 무인으로서 죽음이 두렵지 않다고 했으나 추사진은 아직 젊다. 이대로 죽기에는 억울했다.

한데!

다그닥, 다그닥!

급박하게 들려온 말발굽 소리가 추사진의 얼굴 표정을 밝게 만들었다.

망료가 그를 찾으러 갔던 무인과 함께 말을 타고 온 것이다.

아니, 정확히는 무인은 말을 타고 망료는 목발 하나에 의지해 거의 날아오는 중이었다.

뚜 걱! 뚜— 걱!

망료는 말과 거의 동시에 달려왔다. 추사진은 이제 살았다는 생각에 망료를 소리쳐 불렀다.

"백부님!"

망료는 도착하자마자 추사진의 상태를 살폈다.

"오면서 얘기는 들었다. 괜찮은 것이냐?"

"네…… 그자가 너무 강해서…… 면목이 없습니다."

"괜찮다. 내가 왔으니 이제 아무 걱정 말거라."

"네, 백부님."

망료가 오니 든든했다.

외모는 흉하나 이제껏 망료만큼 호협한 성품의, 그리고 그만큼 강력한 무공을 가진 사람을 본 적이 없는 추사진이다.

망료는 주변을 둘러보더니 그 즉시 경공을 써서 가장 높은 나무 위로 올라갔다. 달아난 절름발이 청년을 찾는 모양이었다.

"소문주님, 여기 해독약을!"

그사이 말을 타고 온 무인이 약병을 꺼내 추사진에게 가져다주었다.

"제가 먼저 먹어 보았습니다. 괜찮습니다. 어서 드십시오."

"고맙다."

추사진은 식은땀을 뻘뻘 흘리면서 약병을 받으려 손을 뻗었다. 그런데 추사진이 약병을 막 받아 들기도 전에 허공에서 약병이 사라졌다.

어느새 땅으로 내려온 망료가 약병을 낚아챈 것이다.

"아직 뭔지 모르니 먹지 말거라."

존경하는 백부가 한 일이니 추사진은 뭐라고 말도 못 하고 고통스러운 눈으로 망료를 볼 뿐이었다.

함께 온 무인이 조심스럽게 말을 해 보았다.

"제가 먹었을 땐 괜찮……."

"쉿."

망료는 무인의 입을 막은 후, 절름발이 청년이 독 분말을 도포했다는 장소로 가서 탐색을 했다. 코를 킁킁대기도 하고 손끝으로 바닥을 찍어 맛을 보기도 했다.

그 와중에도 추사진은 배가 아파 죽을 지경이었다.

망료는 신중하게 분석을 하더니 코웃음을 쳤다.

"흥, 그러면 그렇지. 제법 독심(毒心) 좀 키웠나 했더니 아직 멀었어. 이렇게 물러 터져서야. 쯧."

"배, 백부님?"

땀을 삘삘 흘리며 고통스럽게 망료를 부르는 추사진이었다. 망료가 누구에게 말하는 것인지도 알 수 없었다.

망료는 깜박 잊었다는 듯 유쾌하게 웃었다.

"껄껄껄! 너무 걱정하지 말거라. 이건 그냥 통증만 일으키는 와와산(臥蛙散)이니라."

"예?"

개구리는 죽으면 배를 홀랑 드러내 놓는다. 그 정도로 배가 아프다는 뜻의 이름을 가진 독 분말이다.

"며칠 고생은 하겠지만 죽을 정도는 아니야."

"아아……."

추사진은 다행이라 생각했다.

"그럼 그 해독약은……."

"이 해독약이 진짜 독이다. 먹었으면 큰일 날 뻔했어. 정말로 악독한 놈이로구나! 이런 못된 흉계를 꾸미다니."

이미 그 해독약을 먹은 무인의 얼굴의 안색이 노래졌다.

"그럼 전……."

"넌 잠시 기다려라. 아무리 급해도 우리 조카부터 돌보는 게 순서지."

망료는 소매에서 작은 약병을 꺼내 뚜껑을 열었다. 안에 든 내용물을 손바닥에 떨구자 동글동글한 작은 환단이 흘러나왔다. 향긋한 내음이 풍겨 왔다.

"자, 이걸 두 알씩 먹으면 된다."

추사진은 떨리는 손으로 환단을 받아 들었다. 환단을 입에 넣자 금세 녹아 삼켜졌다. 망료는 무인들에게도 환단을 나눠 주고는 뚜껑을 닫았다.

"고맙습니다. 백부님이 아니셨으면 저는…… 으윽!"

이상했다. 방금보다도 훨씬 더 배가 아파 왔다.

아까도 아프긴 했지만 지금은 훨씬 더 극렬했다. 창자가 끊어지는 듯한 고통이 왔다.

"으아아악!"

추사진은 참지 못하고 비명을 질렀다.

추사진 뿐 아니라 세 명의 무인들도 마찬가지였다.

다들 바닥을 데굴데굴 굴렀다. 망료를 불러오며 해독약을 먹었다던 무인, 방금까지 멀쩡했던 그 무인마저도 고통스러워하며 바닥을 굴렀다.

추사진이 더럭 겁이 나 망료를 쳐다보는데, 이상하게도 망료의 얼굴 표정이 평화롭다.

"배, 백부님?"

돌연 속에서부터 뜨거운 덩어리가 치밀었다.

"우엑!"

토하고 보니 핏덩어리였다. 거기엔 내장 부스러기까지 섞여 있었다.

이건 도저히 해독 과정이라고 할 수 없지 않은가!

세 무인들도 피를 토하고 오줌을 지리며 겁에 질려 떨었다.

추사진의 앞에 망료가 쪼그리고 앉았다. 그러곤 마치 할아버지가 옛날이야기를 하듯 느긋하게 말을 했다.

"조카야. 묘미랍, 사자출래(猫尾拉, 獅子出來)라는 말을 아느냐?"

무슨 무공의 구결인가 생각해 보았으나 그런 건 아닌 듯했다.

"모, 모릅니다. 으으윽!"

"고양이 꼬리인 줄 알고 계속 당겼더니 마침내는 사자가 끌려 나오더라…… 하는 얘기란다."

"그, 그게 지금 무슨 상관이……."

망료는 따스한 손으로 추사진의 머리를 어루만지며 웃었다.

"상관이 있지. 그 절름발이 놈이 사자의 꼬리를 당긴 놈이 될 테니까 말이다. 조카야, 너는 그 시발점이 되는 아주 아주 중요한 역할을 하게 된 것이란다. 이를테면 네가 고양이 꼬리라고 할 수 있지."

"네?"

추사진은 눈의 실핏줄까지 터져서 눈알까지 시뻘겋게 충혈되어 있었다. 금방이라도 죽을 것 같은데 망료가 뜬구름 잡는 소리만 하고 있으니 답답해 미칠 지경이었다.

"끅, 끄윽."

"괜찮아, 괜찮아. 아 참!"

망료가 손자에게 말하듯 다정하게 말했다.

"조카며느리 말이야. 알고 보니 임신을 했더구나. 두어 달쯤 된 것 같던데. 아직 몰랐지?"

"아…… 네? 으으윽!"

추사진은 정신이 하나도 없었다.

멀쩡한 정신이었다면 펄쩍 뛰면서 기뻐했을 것이다. 독자로서 대를 잇는 데 대한 부담이 컸기 때문에 부인이 임신을 했다는 건 정말 다행스러운 일이었다.

그러나 지금은 마냥 좋아할 때가 아니다. 망료는 하필이면 왜 지금 이런 말을 하는 걸까. 망료는 자기가 이렇게 아픈 걸 알기나 하는 걸까?

망료가 쯧 하고 혀를 찼다.

"하지만 안타깝게 됐어. 내일 아침이면 목을 매달고 자살한 채로 발견될 거야. 지아비가 비명횡사했으니 그 충격이 오죽했을까, 쯧쯧."

추사진은 얼굴을 온통 일그러뜨린 채 혈안(血眼)으로 망
료를 쳐다보았다.

아까까지는 이해할 수 없는 말을 하는 것 같더니, 이제야
망료가 하는 말의 전체적인 윤곽이 그려지는 것 같다.

"끄윽, 끄으윽!"

"응? 몰라서 그러는 거야? 대를 이을 손자가 있으면 네
아비의 마음이 약해질 거 아니냐. 사람이란 말이다? 모름
지기 잃을 게 없는 사람이 제일 무서운 법이야. 나도 그런
막가는 놈들 중에 하나긴 하지만."

망료가 껄껄 웃었다.

"으으! 으으아아아아!"

추사진은 자신의 옆에 쪼그리고 앉은 망료의 발목을 세
게 쥐었다. 쥐려 했다.

하나 망료는 그것도 용납지 않았다. 추사진의 손이 닿기
도 전에 번개처럼 발을 빼 그의 손을 밟았다.

"배, 백부……! 끄아아아!"

망료는 추사진을 보곤 고개를 절레절레 내저었다.

"그리고 보면 아우님도 참 인복(人福)이 없어. 전대 문주
부터 해서 자기 아들, 손주까지 삼대가 다 내 손에 죽으니
말이야. 가련하기도 하지."

추사진은 이제 표정을 어떻게 지어야 할지도 몰랐다.

"우에엑!"

연신 피를 게워 내면서 망료를 보고 있으니 망료가 한숨을 쉬었다.

"전 문주가 왜 죽었냐고? 네 할아비는 말야. 생각보다 굉장히 똑똑한 사람이었다. 오조문을 키워 주겠다는 내 제안이 위험한 미끼라는 걸 깨닫고 단칼에 거절했지 뭐냐. 독문이 득세한 운남에서 오조문이 이제껏 살아남은 건 다 이유가 있었던 게지."

"끄으으……."

"그렇다고 내가 물러나? 그건 아니잖아. 말을 안 들으면 뭐 죽여야지, 별수 있누? 사람이 머리는 좋은데 눈치가 참 없었어. 내 제안을 거절하는 바람에 이렇게 삼대가 다 죽어 나가게 생겼잖나. 쯧."

혼잣말을 하던 망료가 머리를 갸웃했다.

"아니지? 이게 다 진자강 그놈 탓이지. 놈이 너를 죽였으면 적어도 내 손으로 삼대를 모조리 죽일 일까지는 없었을 거 아닌가! 그거 정말로 도움이 안 되는 놈이로구먼! 껄껄껄!"

추사진은 죽어 가면서도 소름이 끼쳤다.

망료는 수 년 동안이나 자신들을 속여 왔다. 그렇게 해서 얻는 이득이 대체 무엇이라고!

"왜 하필 오조문인지 궁금한 게야?"

망료가 어깨를 으쓱했다.

"대답해 주면 섭섭해할 텐데…… 사실은 말이다. 그냥 골랐어. 지나가다가 있기에."

추사진은 허망했다.

"끄윽, 끄으윽……!"

이래서 독문의 인물과는 어울리면 안 되었던 것이다. 망료는 생명의 은인이 아니라 자신들을 잡아먹을 요괴였다.

'미안…… 하다…… 미안…… 해.'

한 번 안아 보지도 못할 아이. 그리고 아마도 망료의 손에 자살로 죽게 될 부인을 생각하니 분하고 원통했다.

추사진은 피눈물을 흘렸다.

함께 중독된 무인들은 이미 마지막 경련을 일으키며 죽어 가고 있었다. 이제 곧 자기도 그렇게 죽어 갈 것이다.

"아, 그리고 말이다. 아까 놈이 뿌린 건 와와산이 맞단다. 정말 무른 놈이지? 내가 늦기 전에 와서 다행이지. 네가 해독약을 먹었으면 아주 골치가 아파질 뻔…… 음? 조카야, 내 말을 안 듣고 있는 것 같구나. 벌써 죽었느냐?"

第三章

# 화화객잔(和和客棧)

다각…… 다각.

뚜걱…… 뚜걱.

오조문을 향해 말 한 마리와 목발의 노인 한 명이 함께 다가오고 있었다. 목발의 노인은 발이 불편해 보였는데도 말을 타지 않았는데, 말 위에는 또 다른 사람이 얹혀 있었기 때문이었다.

그 모습을 본 오조문의 문지기가 크게 놀라 안으로 뛰어 들어갔다.

노인은 오조문의 문간으로 들어가지 않고 밖에서 고삐를 잡은 채 멈춰 서 있었다.

잠시 후, 안쪽에서 문주 호둔검 추효가 헐레벌떡 뛰어나왔다.

추효는 말의 안장 위에 올려진 아들 추사진의 시체를 보고는 그대로 굳어 버렸다.

무어라 형언할 수 없는 감정이 솟구친 듯 얼굴에는 경련이 일고 손을 떨었다.

망료가 그의 앞에서 눈물을 떨구며 고개를 숙였다.

"미안하이, 이것이 다 내 탓이야. 내가 갔을 땐 이미…… 중독이 너무 심했네. 내가 조금만 더 빨리 갔더라면……."

추효는 붉어진 눈으로 천천히 이를 씹듯이 말했다.

"이것이…… 이것이 어찌 형님의 탓이겠습니까. 강호에서 칼밥 먹고 사는 이상…… 늘 각오는 하고 있었습니다…… 다만…… 다만…… 이렇게 갈 놈이 아니었는데……."

더 이상 말을 못하고, 추효는 눈을 부릅뜬 채 눈물을 뚝뚝 흘렸다.

이어 뛰쳐나온 추사진의 어린 부인은 추사진의 시신을 보자마자 그 자리에 쓰러져 버렸다.

망료가 빠르게 움직여 다치지 않도록 잡아 주었다. 추사진의 부인은 혼절해서 축 늘어진 채였다.

"괜찮아, 괜찮아. 기절한 것뿐일세."

망료가 조심스럽게 정신을 잃은 부인의 손목을 잡고 진맥을 했다. 그러다가 갑자기 놀란 눈으로 추효를 보고 말했다.

"이보게, 아우님! 조카며느리에게 태기(胎氣)가 느껴지네. 알고 있었는가?"

그 말에 추효의 눈이 휘둥그레졌다.

"혀, 형님. 정말입니까?"

"그렇다네. 두 달…… 정도 된 것으로 보이는군."

추효는 너무 놀라서 입을 벌리고 하늘까지 쳐다보았다.

"천지신명이시어, 정말 감사합니다! 정말 감사합니다!"

추효는 눈물을 줄줄 흘리며 기뻐했다. 그야말로 불행 중 다행인 일이었다.

"정말 잘됐네, 잘됐어."

망료도 눈물을 흘리며 축하해 주었다.

추효가 정신을 차리고 하인들에게 명령했다.

"뭘 하고 있느냐, 며느리를 어서 안으로 데려가거라. 조심해서!"


그러나 추사진의 어린 부인은 남편의 죽음을 감당하지 못했는지, 이튿날 대들보에 목을 매고 숨진 채 발견되었다.

추효는 하루 만에 아들과 손주, 둘 다 잃고 만 것이다.

추효는 반미치광이가 되어 술독에 빠져 살았다. 누구의 위로도 도움이 되지 못했다.

오로지 망료만이 추효의 곁에서 묵묵히 대작해 주었다.

사흘 밤낮이 지났다.

추효는 껍데기만 남은 사람처럼 술을 퍼부었다. 세상을 모두 잃은 듯한 절망감은 망료가 있어도 채워지지 않는다. 끊임없이 술을 마셔도 마음은 허허롭기만 했다.

망료는 그런 추효를 엷은 미소를 지으며 지켜보다가, 말 없이 일어나 사라져 버렸다.

\*　　　\*　　　\*

한편, 단야산을 지나친 진자강은 나흘 만에 철산문에 도착했다.

이미 암부의 일이 알려진 탓인지 철산문의 경계는 철통 같았다.

정문에서부터 여섯 명이나 되는 경비 무사가 모든 출입자들의 짐을 수색하고 인적을 파악했다. 수시로 무인들이 장원의 안팎을 순찰하는 모습도 보였다.

'쉽지 않겠군.'

그러나 여기 와서 포기할 순 없었다.

진자강은 철산문의 안으로 들어갈 방법을 강구하기 위해 하루를 더 주변을 얼씬거렸다.

그런데 생각외의 일이 발생했다.

철산문에서 경장 차림의 세 무인들이 나오면서 경비를 선 무사들과 얘기를 나누는 게 보였다. 그냥 흘려 넘길 수 없는 것이, 경장 차림의 무인들은 가벼운 봇짐을 메고 있었던 것이다.

'뭐지?'

진자강은 그들이 나누는 얘기를 들어야 한다고 생각했다.

약문의 전승자들로부터 청력을 높이는 수법은 배웠다. 그러나 기혈이 제대로 뚫려 있지 않은 진자강은 그 방법을 사용할 수가 없었다. 진자강이 내공을 전달할 수 있는 건 오른발과 오른손 한쪽씩뿐이다.

뒷골목에 숨어 보고 있던 진자강은 바닥의 흙을 손에 묻혀 얼굴에 문질렀다. 머리를 마구 헝클어뜨렸다.

그러곤 호흡을 가다듬고 골목을 나왔다. 자연스럽게 철산문 장원의 앞을 걸어 지나갔다.

장원의 정문이 가까워질수록 가슴이 요동쳤으나, 진자강은 내색하지 않고 느릿하게 걸음을 옮겼다.

드디어 그들이 나누는 얘기가 들려왔다.

"오늘 출발하는 거야?"

"아아, 우리만 먼저 가서 중간에 들를 객잔을 통째로 예약해 놓으려는 거야. 그래야 안전하지."

"원래 나흘 후에 나가기로 하지 않았어?"

"문주님하고 독곡에서 온 고수분들은 내일 출발할 거야. 문주님께서 빨리 출발하는 게 낫다고 생각하신 모양이야."

"에이 씨, 문주님 나가시고 놈들이 우리 쪽으로 오면 어쩌지?"

"그럴 리가 있겠어? 와 봐야 뭐 누가 있다고. 일단 독곡에 가야 놈들에 대한 대책을 상의하실 테지."

"도대체 어떤 미친놈의 새끼들이 이런 짓을 저지르고 다녀 가지고 사람 잠도 못 자게 만들어? 어제도 한숨도 못 잤네."

"누군 아니래. 나도 집에만 가면 마누라가 가지 말라고 난리야 아주."

진자강은 사태가 생각한 것보다 심상치 않다는 걸 깨달았다.

철산문의 문주가 독곡 주최의 총회합에 참가하기 위해 내일 출발한다는 사실을 알게 된 것이다.

'내일까지면 시간이 너무 부족해.'

철통처럼 경계하고 있어서 제대로 된 상황도 파악하지

못했는데 그곳을 어떻게 뚫고 잠입할 수 있단 말인가.

일단 출발하면 경공을 제대로 사용하지 못하는 진자강으로서는 그들을 따라잡을 도리가 없다.

'수뇌부를 잡거나 수뇌부가 떠나고 장원에 남은 인원을 치거나, 둘 중 하나를 선택해야 하나?'

하나 철산문의 수뇌가 독곡에 합류하게 되면 독곡을 공격하는 데에 부담이 된다. 고수는 한 명이라도 먼저 줄이는 게 좋다.

'어느 쪽이든…… 시간을 벌지 못하면 어려워진다. 어떻게 해야 하지?'

진자강이 고민하며 걸어가는 사이, 정문이 굉장히 가까워졌다.

"아 참, 들었어?"

"뭘?"

경비 무사가 소름 끼친다는 투로 말했다.

"오조문의 후계자가 독살당했다던데?"

"뭐어? 아니, 뜬금없이 웬 오조문이야?"

"암부를 공격한 용의자를 쫓다가 그리되었대."

"허, 이거이거 큰일이구만. 눈에 보이면 그냥 막 다 죽이고 다니는 거야?"

진자강은 머리카락이 쭈뼛 섰다.

등골이 서늘해졌다.

'또 그자가……!'

진자강이 뿌린 것은 복통을 일으키는 독이다. 죽을 정도는 아닌 독이었다. 그저 귀찮게 쫓아오지 않도록 손을 썼을 뿐이다.

그런데 죽었다고 한다.

죽인 건 진자강이 아닌데 진자강만 오해를 사서 죄를 뒤집어쓰고 있는 꼴이다.

설마하니 오조문의 무인들까지 죽일 줄 몰랐다. 전혀 그럴 이유가 없었기 때문이다.

'오조문이 그의 사주를 받았던 게 아니었나?'

정황상으로는 사주를 받은 게 맞았다. 하지만 긴밀한 관계까지는 아니었던 모양이다.

그때 진자강의 뇌리에 번뜩 생각이 스치고 지나갔다.

'증인 인멸?'

생각해 보니 그들은 크든 작든 진자강이 손을 쓴 상대들을 모두 죽였다. 또 그 상황에서의 목격자가 될 수 있을 법한 이들은 평범한 촌민들이라도 전부 죽여 없앴다.

그들은 자신들이 아니라 진자강의 흔적을 지우는 중이었던 것이다!

지금 철산문의 무인들 대화를 들어 보면 그들은 석림방

과 암부를 공격한 게 몇 명인지도 전혀 모르고 있었다.

'그'가 목격자를 모두 죽임으로써 정보를 독점한 까닭이다.

불편한 느낌이 스멀스멀 진자강의 뇌리를 잠식해 왔다.

이가 갈렸다.

'계속 나를 이용하겠다……?'

진자강의 입가에 작은 분노의 미소가 걸렸다.

'그렇다면 나도 댁을 이용해 주지.'

진자강은 정문을 얼핏 지나가려다가 갑자기 방향을 틀었다.

아예 정문 쪽으로.

경장 차림의 무인들과 경비 무사가 진자강을 힐끔 보더니 얘기를 마무리 지었다.

"아무튼 몸조심히 잘 다녀와."

"알았어."

무인들은 경공까지 사용하며 장원을 달려 나갔다.

진자강은 잠시 옆으로 비켜났다가 다시 정문으로 향했다.

당연하게도 경비 무사들이 길을 막았다.

"정지."

진자강은 멈춰 섰다.

"무슨 볼일이냐?"

진자강은 잠시 말을 않고 상황을 파악했다.

여섯 명의 경비 무사 중 세 명은 딴짓을 하고 있고 한 명은 막 들어가는 수레 안을 뒤져 보고 있다.

앞의 둘만 진자강을 대하고 있는 중이다.

경비 무사들은 칼날이 달린 철우산을 위협적으로 흔들었다.

"입이 없어? 왜 대답을 안 해. 뭐하러 온 놈이냐고."

진자강의 눈에 살기가 어렸다.

"여기가 철산문 맞습니까?"

두 무사가 흠칫하며 철산을 꽉 틀어쥐었다.

"뭐, 뭐야."

"맞긴 한데……."

진자강이 조용히 읊조렸다.

"알았습니다."

진자강은 팔의 소매를 걷어 올리며 침을 뽑아 들었다.

"어어!"

경비 무사가 허둥대는 사이, 진자강은 그의 손등을 침으로 찔렀다.

아직 혈도를 노리고 찌를 수준이 되지 못하기 때문에 거의 힘으로 찔러 넣은 수준이었다. 침이 손바닥까지 뚫고 나올 정도로 깊이 박혔다.

"아앗!"

경비 무사가 철산을 놓쳤다.

옆의 무사가 철산을 휘둘러 진자강을 베어 왔다. 진자강은 바닥을 굴러 손에 침이 박힌 무사가 놓친 철산을 주운 후, 공격한 무사의 배에 철산을 틀어박았다.

"악!"

다투는 소리에 놀란 다른 네 무사가 진자강 쪽으로 철산을 겨누었다. 하나 진자강의 철산에 배가 꿰뚫린 무사가 방해되어 함부로 쏠 수가 없었다.

진자강은 오히려 철산을 더 밀어 넣었다.

"끄으으윽!"

철산 끝에 달린 칼날이 무사의 배를 뚫고 튀어나왔다. 진자강은 배를 꿰뚫은 채로 철산을 돌려 무사들에게 방향을 틀었다. 철산의 사용법은 이미 숙지했다.

진자강은 손잡이를 당겨 철산에 숨겨져 있는 암기를 쐈다.

푸슉!

무사 한 명의 허벅지에 파절침이 박혔다. 파절침은 뼈와 관절을 녹여 버리는 무시무시한 극독이다.

그것을 잘 알고 있는 무사는 혼비백산했다.

"으아아아아!"

허벅지에서 침을 뽑고선 급히 품에서 얇은 대나무 마디를 꺼냈다. 구멍을 막은 종이를 뽑고 손바닥에 대나무를 털었다. 새까맣고 작은 알갱이 모양의 해독제들이 쏟아져 나왔다.

무사가 그것을 입 안에 털어 넣으려 하자 진자강은 달려가서 몸으로 부딪쳤다.

퍽.

무사가 해독제와 철산을 놓치고 바닥을 나뒹굴었다. 진자강은 철산을 주워 다시 다른 무사를 공격했다.

피잉!

다른 무사의 복부에도 파절침이 꽂혔다.

진자강은 그 역시 해독제를 먹지 못하게 철산으로 목을 찔렀다. 철산을 목에 꽂은 무사가 피를 흩뿌리며 허우적거렸다.

멀쩡한 무사는 둘 남았다. 그들은 이제 자기편을 생각해 공격을 멈추고 어쩌고 할 때가 아니라는 걸 알았다. 두 무사가 진자강을 향해 철산을 겨눴다.

핑! 핑!

진자강의 다리와 어깨에 파절침이 꽂혔다.

"큭!"

진자강은 신음을 삼키면서 동시에 백회로 대자연의 기운을 끌어들여 기혈을 일주시켰다. 그렇게 만들어진 내공을 오른손으로 보냈다.

왼손으로 파절침을 뽑아 오른손으로 쥐고 비선십이지의 수법으로 침을 날렸다.

반 호흡에 한 번씩, 연속으로 두 번의 암기술을 사용할 수 있었다.

슈슉!

파절침이 옅은 호선을 그리면서 무사 한 명의 목을 맞췄다. 하나 다른 한 명은 그가 펼친 우산에 맞아 튕겨지고 말았다.

아직 수련이 부족한 탓일까?

진자강은 쓰러져 있는 무사의 품에서 해독제를 꺼내 그것을 쥐고 달아났다.

그제야 멀쩡한 무사가 정신이 들어 소리쳤다.

"적이다! 적의 기습이다!"

무사가 문에 달린 종을 마구 쳐 댔다.

땡땡땡땡!

종소리에 달려온 무사들의 눈에 절뚝거리며 달아나는 진자강의 모습이 멀리 보였다.

\*     \*     \*

철산문이 뒤집어졌다.

철산문의 문주 강규는 상황 판단이 빠른 자였다.

"절름발이 놈은 파절침을 맞고 달아났다. 심지어 놈이 당했을 때 도와준 동료도 없었어. 이유는 모르지만 놈이 단독으로 행동하다가 멍청하게 일을 그르친 것 같다."

강규는 대주들을 불러 명령했다.

"현 내를 샅샅이 뒤져! 파절침을 맞았으니 해독제를 먹어도 며칠 동안은 꼼짝하기 힘들게야. 절름발이 놈은 근처 어딘가에 숨어 있다. 반드시!"

절름발이는 파절침을 맞고 거의 무력화된 상태!

놈을 잡으면 이번 일을 사주한 자들의 정체를 알아낼 수 있다.

이것은 그야말로 하늘이 내려 준 기회가 아닐 수 없었다.

때문에 강규는 과감하게 독곡으로 출발할 시간까지 늦췄다.

독곡까지의 거리는 사실 그리 멀지 않다. 절름발이를 잡고 나서 바로 출발해도 되는 거리였던 것이다.

철산문의 문도 백여 명 중, 반을 넘게 투입하여 이틀 동안 인근 현 내를 샅샅이 뒤졌다. 민가는 물론이고 민가에

딸린 광, 변소 안까지도 다 뒤졌다.

하지만 어디에서도 절름발이는 발견되지 않았고, 광규는 어쩔 수 없이 독곡으로 출발해야 했다.

\*　　\*　　\*

당연히도, 진자강은 파절침의 영향을 거의 받지 않았다. 처음 파절침을 맞았을 때에만 코피를 좀 흘리고 고통스러웠을 뿐이다.

해독제를 챙겨 간 건 단순한 눈속임이었다.

진자강의 흔적을 지우던 자의 덕이다. 진자강의 실체를 본 사람이 없다면, 진자강이 독에 강하다는 것도 알려지지 않았을 테니 말이다.

진자강은 철산문에서 달아나자마자 바로 독곡 쪽으로 달렸다. 때문에 철산문이 아무리 근처를 뒤져도 찾을 수가 없었던 것이다.

당연히 달아나는 게 아니었다.

상황이 어렵다고 철산문을 건너뛴다?

그런 건 아예 생각해 본 적도 없었다.

철산문의 파절침이 어떻게 완성되었는지 알고 있는 진자강으로서는 결코 용서할 수 없는 문파가 바로 철산문이었다.


갱도에 있던 약문의 생존자 중에 한 노인이 있었다.

노인의 이름은 완삼. 일이곡의 유일한 생존자였다.

완삼은 손가락이 문드러지고 코가 없었다. 얼핏 나병 환자처럼 보이기도 했다.

물론 다른 대부분의 약문 생존자들도 고문 때문에 온몸에 상처가 있었다. 살 껍질이 벗겨져 있다거나 곪아서 터진 자국들이 완연했다.

그래도 완삼만큼은 아니었다.

완삼은 철산문에 잡혀갔던 이었다.

완삼은 종종 밤에 비명을 지르며 깨어났다. 남들이 달래고 이제는 괜찮다 안심시켜도 고개만 도리도리 저을 뿐, 좀처럼 악몽에서 벗어나지 못했다.

완삼이 진자강에게 전수한 것은 오직 한 가지의 환단 제조법이었다.

다른 약문의 이들이 진자강에게 문파의 독문 수법을 전수한 이후에 후련한 표정을 지었다면, 완삼은 제조법을 전수한 이후에도 여전히 어두운 표정이었다.

완삼은 전수가 끝난 후에야 자신이 그런 몸이 된 이유를 말해 주었다.

"놈들은 우리를 쭉 세워 놓고 독침을 찔렀어. 그리고 시간에 따라 어떤 변화가 생기는지 관찰했지. 굉장히 악독한 독침이었어. 뼈가 뒤틀리고 관절이 녹아서 팔다리가 떨어져 나갔으니까. 나중에는 목뼈가 녹아서 목이 부러져 죽기도 했지."

진자강은 묵묵히 듣기만 했다.

"나중에 알고 보니 놈들은 우리를 대상으로 새로운 독을 연구하고 있었던 거야. 잡혀 왔던 약문의 동도들은 끔찍한 몰골로 죽어 갔고…… 우리 문파의 사람들도 하나둘씩 그렇게 죽어 갔어. 처음엔 살려 달라고 빌었는데 나중엔 너무 아프고 고통스러워서 살려 달라고도 못했어. 울며불며 제발 죽여 달라고 외치기만 했지. 그랬더니 나중엔 시끄럽다고 혀를 뽑았지……."

그 얘기를 할 때의 완삼은 울고 있었다.

"나는 운이 좋았어. 독침을 찌르고 해독제를 먹이는 실험에 쓰였거든. 운 좋게 해독제가 잘 들어서 살아남았어. 놈들은 독침이 완성되었다고 좋아하더군."

완삼은 크게 한탄을 하고는 말을 이었다.

"아직도 눈만 감으면 그 지옥 같았던 지하의 광경이 생생하게 떠올라. 뼈가 녹아서 몸이 주저앉고, 얼굴이 녹아서 눈알이 빠져나오고…… 내장을 토하며 죽어 가던 친구들의 모습이……."

완삼이 몸을 부르르 떨었다. 그러곤 그때껏 진자강이 본 가장 생기 어린 모습으로 진자강에게 부탁했다.

"다른 이들은 독으로 죽여 달라고 한다지? 근데 난 이제 독이라면 신물이 나. 그냥 뭐로든 독이 아닌 다른 걸로 죽여 주게."

진자강은 고개를 끄덕였다.

진자강 역시 망료에게 같은 꼴을 당했다. 완삼의 마음을 충분히 이해할 수 있었다.

진자강은 뾰족한 꼬챙이로 완삼의 심장을 찔렀다.

"아프구먼……."

완삼은 처음으로 웃었다. 죽어 가는 사람 같지 않았다. 오히려 아까보다 더 생생해졌다.

"하지만 그때에 비하면 별로 아프지 않아…… 그 친구들이 겪은 고통에 비하면 이건 아무것도 아냐. 이제야 푹 쉴 수 있겠어……."

완삼은 그렇게 죽어 갔다.

복수를 해 달라거나 후사를 부탁하는 말은 한마디도 하지 않았다. 다른 이들처럼 홀로 남을 진자강을 걱정하거나 하지도 않았다.

그만큼 완삼에겐 남을 걱정할 여유가 없었다. 그는 너무 심각하게 고통스러운 과거에 사로잡혀 있었던 것이다…….

나중에 알게 되었다.

철산문이 수많은 약문 사람들을 희생시켜 가며 완성한 그 독침의 이름이 파절침이라는 걸.


그러니 진자강이 어찌 철산문을 그냥 내버려 둘 수 있겠는가!

오히려 그 어느 때보다도 더욱 실패해서는 안 될 게 철산문이었다.

백화절곡의 직접적 원수인 지독문과 광산을 파괴해 약문의 생존자들을 생매장시킨 독곡. 그 둘과 더불어 철산문은 가장 지독한 짓을 저지른 문파 중 하나인 것이다.

그러니까 그들은 죽어야 한다.

특히나 그런 짓을 직접 지시한 철산문의 수뇌부만큼은 진자강의 손으로 확실히!

진자강은 이를 갈았다.

으드득.

'반드시 파절침의 대가를 받아 낸다!'

진자강은 조금이라도 시간을 줄이기 위해 때때로 내공을 이용해 오른발에만 주입하는 방법을 썼다.

제대로 된 경공이라고 할 수도 없는 하찮은 방법이었다.

지속적인 내공 운용이 안 되기 때문에 그래 봐야 순간적으로 몇 걸음의 거리 정도만 도약할 수 있을 뿐이었다.

하나 그렇게라도 해서 쉬지 않고 걸음을 재촉했다. 철산문에서 앞서 달려간 무인들을 뒤쫓기 위해서다.

다행히 만 하루가 되기 전, 두 번째로 들른 마을에서 그들을 찾아낼 수 있었다.

객잔 하나를 통째로 점거하여 손님들을 내쫓은 탓에 그들의 행적은 눈에 훤히 띌 수밖에 없었다.

화화객잔.

진자강은 화화객잔 주위를 돌아다니며 꼼꼼하게 지형을 살폈다. 화화객잔의 가까이에는 제법 큰 시장이 있어서 다소 번잡했다. 다른 시장에 비해 유독 소나 돼지, 개, 닭 등을 데리고 나와 파는 상인들이 많았다. 온갖 동물의 울음소리가 들려와 시끄럽다.

하지만 정작 화화객잔은 큰길 안쪽에 있어 조용하고 사람들의 왕래도 잦지 않은 편이었다. 그러니까 만일의 경우 들어오는 골목길만 지켜도 수비가 용이하다는 뜻이기도 하다.

'들키지 않고 객잔에 진입하긴 어렵겠고…….'

저들은 필요한 음식 재료도 미리 사다 놓는 꼼꼼함까지 보였다.

누군가 자신들을 노리고 있다는 걸 알게 되면 먹는 것도 더 신중해지기 마련이다.

'주방에 진입해도 독을 타기 쉽지 않겠다.'

용독술(用毒術)에서 가장 중요한 것은 하독이다.

상대가 모르게 독을 뿌려서 중독된 것도 모르게 만든다면, 그게 최고의 하독이다.

진자강은 한동안 객잔의 근처를 서성이며 궁리하다가 다시 시장으로 향했다.

*     *     *

절름발이를 찾느라 이틀이나 낭비해 버린 철산문은 더 이상 시간을 지체할 수 없었다.

"아, 미안하게 됐소이다. 괜한 일로 지체가 되었구려."

문주 강규는 독곡에서 파견한 두 명의 고수에게 사과를 했다.

"괜찮습니다."

"놈을 잡지 못한 게 아쉽습니다만, 이젠 출발해야 할 것 같습니다."

"그러지요."

문주 강규는 독곡의 두 고수와 함께 철산문을 나섰다. 서른 명의 무인들이 뒤따라 출발했다. 강규와 두 고수는 경공으로 달리고 나머지는 좀 더 뒤처져 가는 형태였다.

독곡에 바칠 수레 두 대 분량의 예물은 표국에 따로 운송을 부탁해 두었다.

새벽부터 경공으로 달린 강규와 두 고수는 오후 늦게 중간 마을에 도착했다.

숙소를 준비하기 위해 미리 출발했던 철산문의 무인이 마을 어귀에 나와 있다가 문주를 맞이했다.

"객잔은 준비됐느냐?"

"예. 저쪽입니다."

무인이 문주와 두 고수를 안내했다.

화화객잔 앞에 미리 출발했던 두 무인이 나와서 문주에게 고개를 숙였다.

"어서 오십시오!"

"안쪽 방에 뜨거운 물을 준비했습니다. 욕조에서 피로를 풀고 계시면 음식을 만들어 차리겠습니다."

강규는 위층 객방으로 가 방에 준비한 욕조 앞에 섰다. 한데 몸을 담그지는 않고 잠깐 서 있더니 머리에서 은비녀를 꺼내 물에 담가 보았다.

아무래도 노리는 자들이 있으니 신경이 곤두선 탓이다.

딱히 문제가 없어 보이자 그제야 옷을 벗고 욕조에 들어

갔다.

강규가 피로를 푸는 사이 숙수가 음식을 만들고 객잔 주
인과 점소이가 음식을 날랐다. 여러 개의 식탁이 놓인 일
층의 가운데에 음식이 차려지기 시작했다.

객잔에는 이들 외에 머물고 있는 손님이 없어 넓고 황량
하기까지 했다.

하나 강규와 두 고수는 그런 분위기가 익숙한 듯 한가운
데 식탁에 앉아 날라다 주는 요리를 먹었다. 매 접시가 나
올 때마다 은비녀를 대 보고 조금씩 맛을 봐 이상한 점이
없나 확인해 봄은 물론이었다.

하나 식사를 마칠 때까지도 아무런 일이 일어나지 않았
다.

오히려 무슨 일이 생길까 조마조마한 마음이 있던 것도
사실이었기에 오히려 안심이 될 일이었다.

강규가 식사를 마치고 나자, 그제야 서른 명의 무인들이
객잔에 도착했다. 흙투성이가 된 무인들이 강규의 앞에 도
열하여 인사했다.

"무사히 도착했습니다."

"수고했다."

강규는 그들의 인사를 받고 각자의 방으로 올라가 쉬었
다.

객잔은 다시금 활기를 되찾았다. 무인들이 일 층에서 늦은 저녁을 먹느라 시끌벅적해졌다.

그런데 그때.

꼬꼬댁!

난데없는 닭울음 소리가 밤의 객잔을 뒤흔들었다.

강규는 방의 탁자에서 차를 마시며 생각에 잠겨 있다가 미간을 찌푸렸다.

아마 술이라도 한 잔 하려 닭을 잡는 모양이었다.

"흠."

가끔 문파를 벗어나 멀리 나가게 되면 흥도 내고 그러기 마련이다.

하지만 상황이 지금은 그럴 때가 아니잖은가?

어딘지도 모르는 놈들에 의해 문파가 공격당해 멸문할 위기에 처해 있는데 말이다.

"이 멍청한 놈들이 정신 못 차리고."

그러나 최근 불안한 문파 내의 분위기 때문에 기도 많이 죽어 있긴 할 터.

사기 진작을 생각해서 오늘만큼은 참아 줘야 할 것 같았다.

강규는 못마땅한 표정으로 다시 차를 우려냈다.

머리가 복잡했다.

'대체 어떤 놈이 우리를 노리는 거냐. 무림총연맹? 정파 놈들 중에 아직도 우리를 반대하는 놈이 있나?'

생각할 일이 너무 많다.

'아니면 사파? 하지만 사파는 우리와 딱히 척을 질 이유가 없는데……'

본래 독문 자체가 사파에 가까웠으므로 다른 사파와 싸울 일이 거의 없었다.

'하긴 우리가 무림총연맹에 들어간다고 했을 때 고까워하긴 했으나…… 우리라고 어쩔 수 있는 일은 아니었단 말이지. 게다가 그 정도로 우리 씨를 말리려 들 리도 없고.'

꼬꼬댁!

지금처럼 위협이 심하지 않았을 때에, 석림방이 멸문했다는 소식이 막 알려졌을 때 대주 한 명이 지나가는 투로 말한 적이 있었다.


—왜 예전에 지독문이 망한 거 있잖습니까? 그거 혹시 지금 일과 관계있는 거 아닙니까?


그때는 그냥 헛소리라고 치부하고 말았다. 팔 년이나 지난 일을 지금과 연관시키기에는 무리가 있다는 생각이 들었으니 말이다.

하나 집요하게 독문만 노리는 걸 보면 왠지 그 말도 일리가 있는 듯했다.

'미치겠군. 운남 독문을 장악한 우리가 겨우 이 정도에 겁을 먹어야 한단 말인가?'

꼬꼬댁! 꼬꼬꼬꼬!

강규는 생각 중에 계속 닭 울음소리가 들리자 짜증이 벌컥 났다.

아까부터 계속 닭 소리가 나고 있는 것이다.

"한두 마리나 잡아 처먹으면 됐지, 도대체 몇 마리를 잡는 거야!"

참다못한 강규는 문을 발로 차다시피 하고 밖으로 나갔다.

아래층 식당과 위층 객실의 가운데는 뻥 뚫려 있어서 위층 난간에서 아래가 훤히 내려다보이는 구조다.

방문을 나와 난간에서 보니 아래층에 희한한 일이 벌어지고 있었다.

꼬꼬댁! 푸드드드드!

닭 한 마리가 객잔 안을 날아다니는 중이었던 것이다. 그걸 어떤 젊은 놈 하나가 잡겠다고 허둥대며 쫓아다녔다.

철산문의 사람이 아니었다. 처음 보는 놈인데 시장에서 닭을 파는 놈인 듯 지게에 여러 개의 닭장을 높이 얹고 있었다. 한데 너무 많이 닭장을 얹었는지 중심을 제대로 잡지 못했다.

이리 기우뚱 저리 기우뚱하면서 지게 작대기로 바닥을 짚은 채 좁은 객잔을 닭을 잡겠다고 돌아다니는 것이었다.

철산문의 무인들이 그걸 쳐다보며 재밌다며 낄낄대고 있었다.

우스꽝스럽긴 했다. 지게를 내려 두고 잡으면 될 것을 굳이 짊어지고 잡으러 다니니 얼마나 어이가 없는가.

저런 꼴로 어떻게 도망 다니는 닭을 잡을 수 있겠는가 말이다.

"어디 모자란 놈인가?"

아니, 그런데 애초에 이런 일이 벌어진다는 자체가 마음에 들지 않는 강규다.

지금이 무슨 때인데 저렇게 희희낙락한단 말이냐!

게다가 독곡의 두 고수가 와서 뻔히 보고 있는 마당에!

모자란 건 저 젊은 놈이 아니라 웃고 자빠진 자파의 놈들인 것이다.

강규가 버럭 소리를 질렀다.

"무슨 소란이냐!"

그 말에 모두의 시선이 2층 난간에 서 있는 강규를 향했다.

"앗, 문주님!"

무인들이 재빨리 자리에서 시립했다.

닭을 쫓아다니던 젊은 놈도 분위기가 심상치 않은 걸 알고 일단 멈춘 모습이었다.

"왜 이런 소란이 벌어졌는지 소상히 보고하라!"

무인 한 명이 화급히 변명했다.

"저희가 밥을 먹고 있었사온데, 갑자기 창문으로 닭 한 마리가 날아들지 않았겠습니까."

"그런데?"

"저놈이 문밖에서 자기 닭이 들어왔으니 잡게 해 달라고 해서⋯⋯."

"그래서?"

강규의 얼굴이 일그러졌다.

"그걸 그냥 저러고 있게 내버려 뒀어?"

"그게⋯⋯ 보다 보니 웃겨서 저희들도 모르게 그만 지켜보고 있었습니다."

강규가 이를 갈았다.

"이이, 한심한 놈들 같으니라고."

꼬꼬?

닭은 무슨 일이 있었냐는 듯이 유유히 객잔 안을 돌아다니며 바닥을 쪼고 있다.

강규가 당장 잡아서 내보내라고 말을 꺼내려는 참이었다.

"당......!"

닭장을 짊어진 젊은이가 허둥대면서 허리를 숙였다.

"죄송합니다, 죄송합니다! 제가 당장 잡아 가지고 가겠습니다!"

강규의 입이 벌어졌다.

"야이, 멍청한!"

지게를 메고 자기 머리보다 높게 닭장을 짊어지고 있었는데 그 상태로 허리를 숙여 버렸으니 무슨 일이 생겼겠는가!

와르르르르!

닭장이 전부 쏟아지며 닭들이 튀어나왔다.

꼬꼬대액! 꽈꽈꽈꽉!

닭들이 제 세상인 것처럼 활갯짓을 하면서 사방을 뛰어다니기 시작했다.

"아......!"

강규는 짜증이 났다.

무인들은 기겁하면서도 강규 때문에 함부로 움직이지 못하고 눈치만 살폈다.

"내, 내 닭! 내 닭!"

그 와중에 젊은이가 닭을 잡겠다고 뛰다가 자빠져 나뒹굴었다. 발목을 삐었는지 발을 붙들고 데굴데굴 굴러다녔다.

"아악!"

그러면서도 또 일어나 닭을 잡으러 다닌다.

난장판도 아주 이런 난장판이 없었다.

강규는 어이가 없어서 말도 안 나왔다.

닭들이 도망 다니며 난리를 피웠다. 탁자 위의 음식이 담긴 그릇들이 엎어지고 깨졌다. 닭의 깃털이 여기저기 날리고 닭의 몸에 묻어 있던 흙먼지와 모래가 풀풀 날렸다.

게다가 닭에게 뭘 먹였는지 물똥 같은 걸 찍찍 싸대서 바닥이며 식탁 위며…… 닭들이 지나간 곳마다 허연 똥과 오줌이 튀어 있었다.

가뜩이나 닭의 똥은 악취가 심한 편이다. 순식간에 닭 냄새와 닭의 똥오줌 냄새가 객잔 안을 가득 채웠다.

강규는 냄새가 나서 코를 틀어막아야 할 지경이었다.

이 층으로도 몇 마리가 날아올랐다 강규는 화가 나서 얼굴이 시뻘게졌다.

중요한 일을 앞두고 닭 몇 마리 때문에 이 소란이 난다는 게 말이나 되는지!

혹시나 저놈이 수작을 부리고 있는 거라면 어쩌려고 저

렇듯 무방비한 것인지!

팍!

자신의 옆을 지나가는 닭의 모가지를 잡은 강규였다.

강규는 젊은이를 노려보다가 혹시나 싶어 자신의 머리에서 은비녀를 뽑아 닭의 날개와 엉덩이에 꽂아보았다.

하나 닭 피만 묻어나왔을 뿐 은비녀의 색은 멀쩡했다.

'내가 너무 예민했나?'

강규는 닭의 목을 잡은 손에 힘을 주었다.

우드드득!

소름 끼치는 소리가 나며 닭의 목이 꺾였다.

강규가 죽은 닭을 일 층으로 내팽개쳤다.

"당장 정리해!"

그때 독곡의 고수 한 명이 움직였다.

"내가 해 보리다."

절수사(絕壽士)라는 별호를 가진 독곡의 고수 양태였다.

양태는 오십 대의 나이로 마른 몸인데 늘 펑퍼짐한 장포를 걸치고 다녀서, 다소 부해 보이는 인상이었다.

양태는 식탁 위에 엎어져 굴러다니고 있는 젓가락 통을 들고 식탁 위로 뛰어올랐다. 젓가락 통에는 대나무로 만든 젓가락들이 들어 있었다.

양태가 젓가락 하나를 꺼내 엄지와 검지, 중지로 잡곤 힘껏 던졌다.

쉭!

꼬꼬대액!

날개를 퍼덕이며 막 식탁 위를 뛰어오르던 수탉 한 마리의 눈을 두 뼘 길이의 젓가락이 뚫고 들어갔다. 젓가락은 양쪽 눈을 동시에 뚫으며 마치 꼬치처럼 머리를 꿰었다.

수탉은 젓가락을 머리에 꽂은 채 퍼덕대며 그대로 추락했다.

양태의 무공 실력이 보통이 아닌지라 철산문 무사들은 감탄했다.

양태는 연속으로 젓가락을 꺼내 던지기 시작했다.

쉭! 쉭!

젓가락 하나가 허공을 가를 날 때마다 닭의 울음소리가 하나씩 줄어들었다. 정확하게 닭의 눈을 뚫어서 머리를 젓가락에 끼운 듯 죽여 버리고 있는 것이다.

난장이 된 상황을 정리하는 데에 일다경도 채 걸리지 않았다.

그사이에도 젊은이는 닭을 잡으려 객잔을 뛰어다녔지만 한 마리도 잡고 있지 못했다.

마지막 한 마리가 식탁 위를 날았다. 젊은이가 한사코 잡으려고 뛰어갔다.

양태는 코웃음을 치며 젓가락을 날렸다.

쉭!

젊은이의 바로 눈앞에서 닭의 머리에 강제로 대나무 젓가락이 끼워졌다.

푸드득.

눈이 꿰인 닭이 제자리를 뱅뱅 돌며 날갯짓을 하다가 머리부터 고꾸라졌다.

"아⋯⋯!"

젊은이는 망연자실 무릎을 꿇고 죽은 닭을 지켜볼 수밖에 없었다.

철산문의 무인들이 죽은 닭들을 모았다. 머리에 젓가락이 꿰어져 있기 때문에 들기는 편했다.

양태가 힐끗 강규의 눈치를 보았다.

이왕 잡은 거 몇 마리 해 먹으면 좋을 텐데, 도저히 그럴 분위기가 아니었다.

양태가 무인들을 보고 고갯짓을 했다.

무인들이 닭을 모아다가 젊은이에게 가져다주었다. 젊은이는 비틀거리며 일어나 닭을 받아 들었다. 죽은 닭이라도 가져가야 손해를 덜 보니 어쩔 수 없는 일일 터였다.

양태가 차마 말을 잇지 못하는 젊은이의 앞에 동전 몇 닢을 던졌다.

"멀쩡한 채로 여길 나가는 걸 고맙게 여겨라."

젊은이는 고개를 푹 떨어뜨렸다.

"알아들었으면 그거 갖고 썩 꺼져."

젊은이는 주섬주섬 동전을 줍고 고개를 꾸벅 숙여 인사를 했다. 그러곤 피를 뚝뚝 흘리는 닭을 지게에 얹고 객잔을 나갔다.

절룩, 절룩.

조금 전 다리를 삔 때문인지 기운이 없어서 그런지 지겟작대기로 짚고 가는데도 왠지 다리를 저는 듯한 젊은이다.

강규는 그것 때문에라도 왠지 젊은 놈이 마음에 들지 않았으나, 그것보다도 당장 어지럽혀지고 더러운 냄새가 나는 객잔이 더 신경 쓰였다.

"에이잉."

강규는 인상을 쓰고 마음에 안 드는 투로 혀를 찼다.

무인들이 슬슬 일어나 어지럽혀진 객잔 안을 청소하기 시작했다.

닭의 똥오줌이 객잔 안에 잔뜩 뿌려져 있는 탓이었다.

아닌 밤중에 대청소였다.

인부들을 데려다가 부려도 될 법했으나 강규가 불허(不許)했다.

객잔을 하나 통째로 빌린 것도 혹시 모를 안전을 위해서

였는데 이런 일로 외부 사람을 들일 수는 없었다.

때문에 무인들은 불평도 못 하고 청소를 했다.

객잔의 방이 부족하기 때문에 어차피 자신들이 자야 할 장소였던 것이다.

하지만 청소야 그렇다 치더라도 의외의 문제가 발생했는데……

"살다 살다 이런 개 같은 일은 또 처음 당하네. 에이, 내가 재수를 밥 말아 처먹었나. 어디서 저딴 놈들을 받아 가지고, 퉤퉤."

오밤중에 욕을 하며 길을 가고 있는 이는 다름 아닌 객잔 주인이었다.

아까 닭들이 난장판을 만드는 바람에 그릇들이 죄다 깨지고 식탁은 얼룩이 져 버렸다.

젓가락도 다 버려야 했다. 식탁 위에 올려 두었던 젓가락 통이 엎어져서 젓가락들이 바닥에 떨어지고 나동그라졌다. 닭의 똥오줌이 묻은 채로 밟히고 부러져서 죄다 못쓰게 되어 버렸다.

수백 벌에 해당하는 멀쩡한 젓가락들이 한 순간에 전부 못쓰게 된 것이다.

그릇과 젓가락이 아까운 거야 둘째 치고 당장에 내일 아침에 쓸 게 없었다.

더구나 이 오밤중에 어딜 가서 집기들을 새로 사 온단 말인가.

어쩔 수 없이 일단 시장으로 가서 문 닫은 그릇 가게들을 돌아다니고는 있지만, 문을 연 데가 없었다.

"아흐흐흐."

만일 그릇이나 젓가락이 없어서 아침을 못 내준다고 하면 무슨 일이 벌어질까.

철산문이 어떤 해코지를 할지 가슴이 다 떨렸다. 이대로 달아나 버릴까 하는 마음까지도 들었다. 하지만 객잔에 남아 있는 숙수와 점소이를 생각하면 그럴 수도 없었다.

"미치겠구만, 정말."

그런데 그때 그의 앞에 누군가가 지게를 지고 오는 게 보였다.

절룩절룩.

객잔 주인은 금세 그를 알아보았다.

"어라, 자네?"

닭으로 사고를 쳤던 젊은이었다.

젊은이가 지게를 내려놓고 객잔 주인에게 고개를 꾸벅 숙였다.

"아까는 정말 죄송했습니다."

"하아, 지금 사과하고 말고 그걸로 될 일이 아냐. 물건이 전부……."

"혹시 그래서 필요하실까 해서……."

젊은이가 지게에서 포대를 내려 객잔 주인의 앞에 내려 두었다.

"응? 이게 뭔가?"

객잔 주인이 포대를 열어 보니 그릇이며 젓가락, 탁자보 같은 집기들이 들어 있었다.

젊은이가 쑥스러워하며 말했다.

"저 때문에 벌어진 일이니 제가 변상을 하는 게 순리인 것 같아서요."

"아니, 자네가 돈이 어디 있다고……."

하지만 객잔 주인은 거절할 처지가 아니었다.

"고맙네. 뭐 자네 때문에 벌어진 일이긴 하지만 그래도 덕분에 큰 곤란은 면했어. 나중에 시간 나면 찾아오게. 술 한 잔 내줄 테니."

"아닙니다. 아…… 그리고 이거요."

젊은이는 종이로 싼 떡까지 건네줬다.

"저희 집안의 비법으로 만든 떡인데요. 좋은 약재를 넣어 만든 거거든요. 거기 객잔 식구들께도 죄송해서…… 내일이면 쉬니까 가면 꼭 나눠 드세요."

"뭘 이런 것까지. 고맙네."

젊은이는 인사를 하고는 금세 사라졌다. 객잔 주인은 젊은이의 뒷모습을 보며 중얼거렸다.

"참 요즘 보기 드물게 예의 바른 젊은이네. 못 보던 얼굴인 걸 보니 타지에서 온 모양이구먼. 저런 젊은이가 잘되어야 하는데."

젊은이 덕분에 위기를 넘기게 된 객잔 주인은 안도의 한숨을 내쉬었다.

객잔으로 돌아온 주인은 숙수와 점소이들을 깨워 젊은이가 준 떡을 나눠 먹고 단잠을 잘 수 있었다.

\*　　　\*　　　\*

철산문의 무인들은 좋지 않은 냄새 속에서 밤을 보냈다.

객잔의 방이 부족했기 때문에 다수의 무인들은 닭똥이 즐비했던 일 층의 바닥에서 자야 했다. 그러나 몇몇이 냄새 때문에 두통을 호소한 것 외에 별다른 일은 없었다.

이른 새벽부터 숙수가 아침을 준비했다. 면을 반죽하고 국수를 삶았다.

강규는 어젯밤의 일 때문에 신경이 날카로워져 있었다.

국수가 나왔어도 바로 먹지 않고 잠시 기다렸다.

그러다가 뜨거운 김이 올라오는 그릇에 은비녀를 넣어 보았다.

은비녀에 아무런 이상이 없다는 걸 확인했다.

철산문 무인들과 독곡의 두 고수는 강규를 지켜보고 있다가 안도의 숨을 내쉬었다.

강규가 고개를 끄덕이자 그제야 무인들은 젓가락 통에서 새 젓가락을 꺼내 들고 먹기 시작했다.

그렇게 아침 끼니를 국수로 때운 철산문 무인들은 금세 화화객잔을 출발했다.

서른 명이 한꺼번에 훅 빠지니 객잔은 순식간에 텅 비었다.

철산문의 무인들이 보이지 않을 정도로 멀리 가자, 객잔 주인은 그제야 문밖을 향해 침을 내뱉었다.

"에잇, 퉤! 다신 오지 마라."

있던 손님도 쫓아내고 며칠이나 점거한 주제에 요금은 반밖에 정산해 주지 않았다.

무림인과 얽힌다는 건 생각도 할 수 없는 일이고, 특히나 인근 지역을 장악하고 있는 철산문의 심기를 거스를 수 없기에 요금을 더 달라는 말도 못 했다.

거기다 독을 쓰는 문파이기 때문에 그들이 객잔에서 자고 갔다는 게 영 찝찝한 게 아니었다. 독문이 자고 갔다는

소문이 퍼지면 찜찜해서라도 손님들이 오지 않는 것이었
다.

객잔 주인은 철산문이 간 쪽으로 다시 한 번 침을 뱉고는
객잔으로 들어가 문을 닫았다.

어차피 독문이 들렀다는 소문이 난 데다, 워낙에 닭의 분
뇨 냄새가 심해서 손님이 오지도 않을 것 같았다. 당분간은
정비도 할 겸 휴업하며 쉬어야 할 것 같았다.

대청소도 다시 해야 하고 말이다.


*          *          *


진자강은 철산문 무인들이 아침을 먹느라 와자지껄 한
것까지 확인하고는 그곳을 떠났다.

걸음이 느리니, 독이 발동할 때쯤 적당한 장소에 미리 가
서 기다리고 있어야 했다.

하독은 성공했다.

문주인 강규의 의심 많은 성격이 오히려 하독에 도움이
되었다.

강규가 매번 확인을 하고 있었기 때문에 철산문 무인들
은 진자강의 하독을 전혀 의심하지 못했다.

어떻게 독을 썼는지, 언제 중독이 되었는지도 전혀 모르

고 있을 게 분명했다.

　그건 아주 사소한 것, 생각지도 못한 일상의 한 부분에서였다. 누구라도 무심코 지나칠 만한.

　'정오까지 중독된 것을 깨닫지 못한다면 당신들은 오늘 살아남지 못할 것이다.'

　진자강은 걸음을 재촉했다.

### 第四章

# 이우아사(爾虞我詐)

 점심때가 되었다.

 철산문의 일반 무인들 서른 명은 길가에 둘러앉아 객잔에 주문해서 만든 밥 한 덩어리씩을 먹었다.

 강규와 독곡의 두 고수는 걸음이 빠르기 때문에 인근 마을에서 점심을 해결하고 오기로 한 터였다.

 그런데 밥을 먹고 있던 몇몇 무인들의 표정은 좋지 않았다.

 "어유, 속이 왜 이렇게 느글느글하지."

 "오죽하면 밥맛도 없네."

 "경공이라도 배워서 문주님을 따라갈걸."

무인들의 인솔자인 단주 염조가 다른 무인들을 다그쳤다.

"배 안 고파도 대충 처먹어. 얼른 먹고 일어나야지. 이러다 문주님 오시면 혼난다. 알지?"

무인들은 투덜거리면서 소금간만 된 밥 덩어리를 꾸역꾸역 씹어 먹었다.

그러던 중에 한 명이 배를 문지르며 일어났다.

"배가 싸르르 하네."

"어딜 가?"

"끄응, 볼일 좀 요."

한 명이 배를 붙잡고 길옆의 풀숲으로 가자, 약속이라도 한 것처럼 몇 명이 더불어 일어섰다.

"다들 왜 그래?"

"아, 글쎄요…… 속이…….."

머잖아 풀숲에서 요란한 소리가 들려온다 싶더니 무인들이 얼굴을 찌푸리며 나왔다.

"어우씨, 뭘 잘못 먹었나."

"왜?"

"피똥을 쌌어."

"자다가 마누라한테 얻어터지는 꿈이라도 꿨나 보지?"

몇몇이 껄껄대고 웃었다.

그러나 그 웃음은 오래가지 못했다.

다른 무인들도 몸에 이상을 느끼기 시작한 탓이다.

"니미럴, 나도 아프네."

"왜 창자가 끊어질 것 같냐."

"방금 먹은 밥 상한 거 아냐? 냄새는 멀쩡했는데."

아프다고 나선 이들이 한둘이 아니었다.

처음엔 염조도 무인들이 꾀를 부린다고 생각했다. 한데 자기도 슬슬 배가 아파 오는 게 아닌가!

"아무래도 안 되겠군. 조금만 쉬어가자."

결국 다들 길가에 쪼그리고 앉아 쉬어야 했다.

하나 상세는 조금도 나아지지 않았다. 걸으려고 하면 배가 당기고 아파서 걸을 수도 없었다.

내상약도 먹어 보고 이것저것 상비약을 먹어 봤으나 아무 소용이 없었다.

무인들은 식은땀까지 뻘뻘 흘렸다.

"어우우, 미치겠네 이거."

배를 붙잡은 채 웅크리고 있는 것밖에 할 수 있는 게 없었다.

"다, 단주님. 아무래도 이거…… 심상치 않은데요?"

얼굴을 잔뜩 일그러뜨린 무인이 염조에게 말했다. 염조도 땀을 뻘뻘 흘리고 있어서 이를 악물고 있는 채였다.

"움직일 수 있는 사람 있어? 의원이라도 불러와야지!"

염조가 억지로 힘을 짜내 소리쳤지만 모두 고개를 가로 저었다. 오던 방향으로 반 시진 정도만 걸어가면 의원이 있는 마을이 있었다. 그러나 거기까지 가는 게 문제였다.

"아까까진 괜찮더니 왜 이래."

"끙…… 끙끙."

여기저기서 끙끙대는 신음 소리가 나왔다.

움직이지도 못하고, 문주가 올 때까지 마냥 이러고 있을 수도 없었다.

풀숲으로 들어가 피똥을 싸고 오는 이들이 점점 늘어났다. 그나마도 일어서서 걸을 수가 없어서 엉금엉금 기어갔다가 오는 게 고작이었다.

"아으윽."

"나, 나 죽어."

"왜 이렇게 아픈 거야!"

철산문 무인들은 자신들이 왜 이렇게 아픈지 도대체 알 수가 없었다.

이러지도 저러지도 못하고 있는데, 길 앞쪽에서 길손이 지나가는 게 보였다.

길손을 발견한 무인이 외쳤다.

"거기 지나가는 분! 여기 좀 와 주시오!"

지나가던 길손이 소리를 듣고 발길을 돌렸다.

길손이 오자 무인들의 얼굴에 화색이 돌았다.

"이제 살았…… 어?"

길손의 얼굴을 본 무인들의 눈이 휘둥그레졌다.

길손은 다름 아닌 화화객잔에서 본 젊은 청년이었던 것이다. 닭 때문에 소란을 피워서 문주에게 꾸중을 듣게 만든 그 청년이다.

그 청년이 어째서 이곳에?

"네, 네가 왜 여기 있냐?"

그러나 오히려 아는 얼굴이라는 게 다행일 수도 있었다.

"마침 잘됐다. 너 가서 의원 좀 불러와!"

청년은 상황 파악을 하지 못한 듯 별 대답도 없이 무인들에게 걸어왔다.

그러더니 무인들을 한 명씩 살펴보기 시작한다. 아픈 무인들의 얼굴을 보고 눈을 뒤집어 보고 맥도 잡는다.

무인들은 짜증 나서 청년에게 욕설을 퍼부었다.

"네가 의원이야? 보면 알아?"

"빨리 가서 제대로 된 의원을 불러오라고!"

하지만 청년은 눈만 끔벅끔벅하면서 무인들을 둘러볼 뿐이었다.

화가 난 무인들이 소리를 질렀다.

"저 새끼, 객잔에서도 그러더니 여기서도 어리바리하고 자빠졌네!"

"뒈지고 싶지 않으면 좋은 말로 할 때 빨리 가서 의원 불러와!"

그런데 청년이 되물었다.

"의원을 불러오라고요?"

"그래! 보면 몰라? 의원 데려와, 의원!"

청년은 무표정한 얼굴로 다시 되물었다.

"내가 왜요?"

"이 새끼가 진짜 죽고 싶나!"

무인들은 화를 냈지만 믿을 사람이 청년뿐인지라 어떻게 할 수도 없고 그저 악만 바락바락 쓰고 있을 따름이다.

그때 갑자기 한 명이 피를 토했다.

촤악!

물을 머금고 있다가 토한 것처럼 선홍빛 피를 한 사발이나 뿜어냈다.

피를 쏟은 무인은 자기가 그 많은 피를 토했다는 사실을 믿지 못하는 얼굴이었다.

"피가…… 피가……."

그것을 시작으로 다른 무인들의 병세도 급격히 악화되었다.

"우에엑!"

피를 뿜거나 코피를 흘리는가 하면, 항문으로 피를 줄줄 흘리기 시작한 무인들도 나왔다. 무인들의 바지춤이 흥건하게 젖었다.

무인들이 서로를 쳐다보았다.

"흐어억! 자네 눈이!"

"내 눈이 왜?"

대다수가 눈의 핏줄이 터져서 시뻘게져 있었다.

그런 현상이 한두 명이 아니었다. 여기저기서 신음과 비명 소리가 나오기 시작했다.

무인들은 소스라치게 놀랐다. 사태가 심상치 않았다.

무인들이 청년을 간절한 눈으로 쳐다보았다.

"이, 이봐. 부탁이야. 의원을 불러 줘."

그럼에도 청년의 눈빛은 아까와 다를 바가 없다. 담담한 듯, 감정이 없는 그대로다.

그래서 그게 더 소름이 끼칠 지경이었다.

"사, 살려 줘! 어제는 우리가 잘못했어."

"잘못했다고 했습니까?"

"그래그래. 놀리고 비웃어서 미안해."

청년이 낮은 목소리로 되물었다.

"조금 전에는 당신들 말을 듣지 않으면 날 어떻게 한다고 했던 것 같은데요."

"그, 그건……!"

"미안해. 미안해! 그것도 우리가 잘못했어. 제발 살려
줘!"

청년의 표정은 조금도 변하지 않았다.

"왜죠?"

"응?"

철산문 무인들은 청년이 왜냐고 물어보는 게 무엇에 대
한 '왜' 인지 순간 헷갈렸다.

"왜…… 냐니?"

"끄으응, 그럼 우리가 죽도록 내버려 두겠다는 거냐?"

그제야 청년의 표정이 살짝 변했다.

청년이 당연히 그렇다는 듯 반문했다.

"죽으라고 독을 썼는데 굳이 살려 줄 이유가 없지 않습
니까?"

청년, 진자강이 그제야 본색을 드러낸 것이다.

철산문 무인들은 등줄기에 소름이 끼쳤다.

어이도 없고 황당했다.

그때까지 가만히 지켜만 보고 있던 염조가 얼굴을 찡그
렸다.

"이게 네놈 짓이었다고?"

아직도 믿지 못하는 무인들이 많았다.

겨우 닭 파는 놈에게 당했다는 걸 어떻게 믿겠는가.

"으으, 그럼 아까 우리를 한 명씩 살펴본 건…… 증상을 보려던 게 아니라 얼마나 중독이 되었는지 확인하려고 한 거야?"

"그렇습니다."

시뻘겋게 피로 물든 눈으로 무인들이 소리쳤다.

"이 천인공노할 놈!"

"우리가 무슨 잘못을 했다고 이런 짓을!"

"이 천하의……!"

"약문."

진자강이 잘라 말했다.

팔 년 만에 듣는 약문이란 이름은 다소 생소했다.

"약문? 약문이 뭐?"

진자강은 냉소했다.

"피해자는 잊지 못하는데 가해자는 잊고 있군요. 당신들이 몰살시킨 운남 약문 말입니다."

무인들은 창자가 끊어지는 고통으로 정신마저 혼미했다.

"약문…… 일파는 당시에 전부 죽였다고 했는데 왜……?"

진자강은 그들의 태도에 새삼 분노가 끓어오른 듯 눈에

힘이 들어갔다.

"그렇습니까? 그런데 한 명은 아직 죽지 않았습니다."

그 말에 무인들의 눈이 당혹함으로 물들었다.

"그게 납니다."

무인들이 침을 뚝뚝 떨구며 진자강을 바라보았다.

"말도 안 돼……."

"크윽…… 그런 일이……."

염조가 소리쳤다.

"너 이놈! 도대체 정체가 뭐냐!"

"방금 말했잖습니까. 약문의 후예라고."

진자강은 염조를 비롯한 철산문 무인들을 한 명 한 명을 쳐다보며 말했다.

"당신들에게 쓴 독은 매우 지독한 독입니다. 창자가 녹고 있으니 당신들이 살 수 있는 시간은 길어야 일각."

무인들이 망연자실했다. 이미 피를 쏟는 이들이 한둘이 아니었다. 진자강의 말은 거짓이 아니었다.

염조가 이를 갈았다.

"감히…… 우리 철산문을 건드려?"

진자강은 그 말에 살기가 치밀었다.

"이제까지는 철산문이라는 이름으로 함께였을지 모르나 저승길은 각자 알아서 찾아가셔야 할 겁니다."

무인들은 절망감에 더욱 고통스러워하며 몸부림쳤다.

"허으윽!"

"크으으윽!"

"너, 이이…… 이 새끼……."

염조가 기를 쓰고 철산을 들었다.

진자강의 말대로 이 독은 매우 지독했다. 효과가 나타났을 땐 이미 무공도 쓰지 못할 정도로 내장이 망가져 있었다.

마침 진자강이 옆으로 뒤돌아 서 있었다.

염조는 진자강을 조준했다.

"죽어어어어!"

염조가 피를 토하며 손잡이의 장치를 당겼다.

푸슛!

철산에서 쏘아진 파절침이 진자강의 등허리에 꽂혔다.

"으하하하! 죽어! 죽어라, 이놈! 쿨럭쿨럭."

진자강은 천천히 뒤를 돌아보았다. 그러더니 아무렇지도 않게 파절침을 뽑아냈다.

진자강이 파절침을 들고 있는 걸 보고 염조가 미친 듯 웃어 댔다.

"네놈도 이제 죽은 목숨이야!"

진자강의 코에서 피가 슬쩍 흘렀지만 진자강은 손으로

닦고 말았다.

"그렇습니까?"

"크흐흐흐, 쿨럭쿨럭."

염조는 철산을 조작해 해독제를 꺼냈다.

"우린 외부 행사를 나갈 때 단주급 이상만 해독제를 가지고 나간다. 그러니까 쿨럭, 으…… 지금 여기에는 이게 유일한 해독제란 말이지."

염조가 낄낄대며 해독제를 들고 말했다.

"그러고 보니 약문의 다른 놈들도 파절침에 맞아서 뼈와 관절이 흐물흐물 녹아 죽었던 게 기억나는군. 제발 살려 달라고 울며불며 구걸했었지!"

진자강은 염조를 쳐다보기만 했다. 염조는 피를 뿜어내면서도 악독한 얼굴로 소리쳤다.

"어디 네놈도 목숨을 구걸해 봐라! 하지만 네놈도 살아남진 못할 것이야!"

염조가 냉큼 파절침의 해독제를 삼켜 버렸다.

"쿨럭쿨럭!"

피를 하도 토해서 먹은 건지 다시 토한 건지도 알 수 없을 지경이었다.

하지만 진자강은 전혀 신경 쓰지 않았다.

염조의 얼굴이 일그러졌다.

"너 이놈, 그리 태평하다고 살아날 것 같으냐? 죽는다. 죽는다고! 해독제도 없어서 넌 이제 죽는다고!"

"그건 당신 생각이겠지요."

"웃기지 마. 파절침을 맞았잖아! 겉으로는 태연해도…… 쿨럭쿨럭."

진자강이 품을 뒤적거리더니 손가락 크기의 대나무 통을 꺼냈다.

"이게 뭔지 궁금합니까?"

"으, 으……?"

파절침의 해독제가 아닌 건 분명했다.

왠지 그것은 철산문의 무인들을 중독시킨 극독의 해독약인 것처럼 보였다.

진자강은 대나무 통의 뚜껑을 열었다.

그리고 통을 살짝 기울여서 안의 내용물을 쏟기 시작했다.

진자강은 아무 말도 하지 않았지만 진자강의 태도를 보면 그건 분명히 해독약이었다.

염조는 이미 입이며 코, 항문에서까지 피를 줄줄 흘리고 있었다. 창자가 녹고 있는 고통도 어마어마하다.

"내가…… 그런 데 넘어갈 줄…… 으으!"

<u>스르르르.</u>

안에 든 분말이 계속 떨어지기 시작했다.

"으으?"

염조는 진자강의 눈치를 살폈다. 진자강은 안에 있는 걸 다 쏟아 버리려는 듯했다.

해독약. 해독약이다! 분명히 해독약이다!

죽음과 고통 앞에서 초연할 수 있는 사람은 얼마 되지 않는다.

염조는 결국 고통을 못 이기고 눈이 돌아갔다.

염조가 눈치를 보며 기어가서 진자강이 떨어뜨리는 분말을 받아먹었다. 주변의 무인들도 진자강을 향해 기어 왔다.

기운이 없어서 기어오지도 못하는 철산문 무인이 악을 썼다.

"우리도! 우리도 해독약을 줘!"

"해독약이요?"

진자강이 분말을 계속 쏟으면서 말했다.

"이건 아침에 당신들이 먹었던 독입니다만."

혈관이 터져 너덜거리는 혓바닥으로 분말을 받아먹던 염조의 동공이 급격히 흔들렸다.

"뭐, 뭐?"

"우리가 아침에 독을…… 먹었다고?"

염조와 무인들은 어이가 없어서 핏발 선 눈으로 진자강

을 쳐다보았다.

"해, 해독약은······?"

"이 유유정이라는 독은 뒤늦게 효과가 발동되는데, 일단 출혈이 시작되면 창자가 모두 녹아서 해독약을 먹어도 살 수 없습니다."

"아······ 안 돼! 안 된다고!"

"이렇게 죽을 수 없어!"

무인들이 피를 토하며 악을 썼다.

염조가 울부짖었다.

"살려 줘. 살려 줘!"

진자강은 염조를 내버려 두고 한 걸음을 물렀다. 그러곤 무인들을 돌아보며 싸늘하게 말했다.

"곧 명부(冥府)에 이름이 올라갈 테니 준비하십시오."

염조가 피를 토하며 이를 갈았다.

"네놈도 곧 죽을 것이다!"

"그럴 수도 있겠죠. 하지만 당신은 그걸 못 볼 테니까 신경 쓰지 않아도 됩니다."

"이이······! 이!"

그때.

"으······ 으아아아! 난 살고 싶어!"

어디서 그런 힘이 났는지 무인 한 명이 몸을 일으켜 달아나려 했다. 제대로 걷지도 못해 비틀거리면서도 뛰려고 하는 모습이 간절하기 짝이 없었다.

한 명이 뛰자 몇몇이 동조해 함께 몸을 일으켰다.

진자강은 바닥에 아무렇게나 떨어져 있는 철산들을 몇 자루 주웠다. 그것을 달아나는 무인들의 등에 대고 쐈다.

푸슉! 슈슉!

"흐억!"

"으어어!"

달아나던 무인들은 등에 파절침을 맞고 엎어졌다.

"흐으윽. 흑……."

한 무인은 엎어진 채 아이처럼 울었다.

하나 진자강은 조금의 동정이나 연민도 느끼지 않은 얼굴로 말했다.

"당신들은 어디도 갈 수 없습니다. 한 명도 남김없이 모두 죽을 때까지."

"으으…… 이 악귀 같은 놈……."

울컥, 울컥.

철산문 무인들은 피를 토하며 죽어 갔다.

무인들의 움직임이 점점 잦아들어서, 종내에는 한 명도 숨을 쉬는 자가 남아 있지 않았다.

현장은 끔찍했다. 사방이 온통 피투성이였다.

유유정이 내장을 녹여 버리기 때문에, 죽은 무사들은 피를 거의 몇 사발이나 쏟아 내며 죽었던 것이다.

이번은 유독 피를 많이 보았다.

진자강은 피 때문에 흥분이 되어 얼굴이 뜨거워졌다. 몇 번이나 심호흡을 하며 기분을 누그러뜨려야 했다.

"악귀라……."

복수할 수 있다면 수라가 되어도 상관없다고 생각했는데, 막상 그런 이야기를 직접 들으니 기분이 썩 좋지는 않았다.

저들은 악당이었고 죽어 마땅한 살인자들이었으나, 죽어 갈 때만큼은 보통 사람이었다.

진자강은 약해지지 않도록 마음을 다잡고 현장을 한 번 더 둘러보았다.

\*　　　\*　　　\*

강규와 독곡의 두 고수는 점심 식사를 하고 자파 무인들의 뒤를 따라잡기 위해 가는 중이었다.

그러나 그들은 뭔가 잘못되었다는 걸 느끼고 있었다.

배가 싸르르 하고 아파 오기 시작한 것이다.

자연히 경공으로 걷는 속도가 늦어졌다.

강규가 먼저 걸음을 멈췄다. 양태도 명치 쪽을 어루만지며 인상을 썼다.

"묘하군."

점심을 셋이 같이 먹었는데 강규와 양태만이 강한 통증을 느끼고 있었다.

다른 고수인 왕이생은 약간 속이 불편한 정도라고 했다. 왕이생은 칠십 대의 노인인데도 아직 정정한 노고수다.

강규가 인상을 쓰고 물었다.

"우리가 잘못될 만한 일이 있었소이까?"

"내가 아는 한은 없었습니다만."

"하면……."

그런데 양태가 말을 하다가 눈을 크게 치켜떴다.

"헛?"

옅은 피 냄새.

피비린내가 바람을 타고 실려 왔다.

"강 문주!"

양태와 왕이생이 강규를 쳐다보았다.

강규의 얼굴의 일그러졌다.

심상치 않은 일이 벌어지고 있었다.

"부탁하겠소!"

그나마 멀쩡한 건 왕이생이다. 왕이생이 바로 달려갔다.

강규는 혹시 모를 일에 대비해 그 자리에서 가부좌를 틀어 운기행공에 들어갔다. 양태도 속이 좋지 않았지만, 이런 경우엔 한 문파의 문주가 먼저다.

양태는 똥 씹은 얼굴로 옆에서 호법을 섰다.


왕이생이 산길을 올라 달려갈수록 풍겨오는 피비린내는 점점 심해졌다.

"좋지 않군."

앞서 출발했던 철산문의 서른 명 무인에게 뭔가 변고가 생긴 게 분명했다. 그렇다는 건 문주와 왕이생들도 위험할 수 있다는 뜻이다. 최대한 빨리 확인하고 돌아가야 할 터였다.

왕이생은 얼마 지나지 않아 피비린내의 근원지에 도착했다.

"으윽!"

참혹한 현장.

철산문의 무인들이 모두 죽어 있었다.

무인들은 하나같이 볼품없는 시체가 되어 있었다. 마치 피 주머니를 터뜨린 것처럼 피를 흘려서 곳곳에 피 웅덩이가 생겨 있었고, 작은 핏줄기가 졸졸 흐르기까지 했다.

"이, 이게……!"

왕이생은 이 엄청난 참사에 말을 잇지 못했다.

"어떤 놈이 감히!"

흉수는 이미 자리를 떠난 듯했다.

화도 나고 약간의 두려움도 들었지만 단서를 챙겨야 했다. 왕이생은 급히 시체들을 확인하며 산 자가 있는지 찾아다녔다.

"이봐! 아직 살아 있는 자가 없느냐!"

그러나 대답 대신 날카로운 파공음이 연속으로 울렸다.

피잉! 핑!

왕이생은 긴장을 늦추지 않고 있었기 때문에 황급히 몸을 띄우며 대응했다.

하지만 암기를 완전히 피하지는 못했다. 전방 먼 곳이 아니라 바로 앞, 아래에서 쏘아진 탓이다.

공중에서 몸을 두 번이나 비틀며 피하려 했으나, 그것이 무색하게 복부에 두 발이나 꽂혔다.

"크윽!"

왕이생이 당황해서 착지하며 뒷걸음질을 쳤다.

핏속, 시체들의 사이에서 피투성이가 된…… 아니, 피를 뒤집어쓴 혈인(血人)이 몸을 일으켰다.

왕이생은 복부에 침이 꽂힌 상황에서도 그 순간을 놓치지 않았다.

피 웅덩이를 힘껏 발로 밟아서 핏물을 튀어 오르게 해 혈인의 시야를 가렸다. 그러곤 소매를 떨쳐, 소매 안에 든 대나무 통을 앞으로 뽑아내며 쥐었다.

대나무 통을 손안에서 굴리며 쥐어짜듯이 틀자 수 발의 쇠못이 튀어 나갔다.

핏물로 시야를 방해했기 때문에 혈인은 어깨와 목 부근에 여러 발의 쇠못을 맞았다.

파파팍!

"잡았다, 이놈!"

혈인이 고꾸라지는 듯싶었다.

그사이 왕이생은 재빨리 해독제를 꺼내 먹었다. 철산문에 지원을 나오면서 문주 강규에게 받은 단 한 알의 해독제였다.

혈인은 휘청거리다가 다시 몸을 일으켰다. 쇠못을 잡고 뽑았다. 쇠못을 뽑을 때마다 피가 솟아 나왔다.

하나 그뿐이다. 그것이 일반 못이 아니라 독이 발린 못임에도 아무렇지도 않다는 듯한 모습이다.

왕이생이 코웃음을 쳤다.

"제법 여유를 부리는구나. 본 노의 암기가 우습다 이거냐? 독곡에서도 본 노의 화운정(火雲釘)은 무시하지 못하느니라!"

"당신도 철산문의 자랑이라는 파절침을 맞고도 멀쩡하지 않습니까."

"그야……."

자신은 해독제를 먹었으니 버틴 것이다.

'한데 저놈은?'

왕이생은 미간을 찌푸렸다. 눈앞의 혈인이 어떻게 독을 해소시켰는지 알 수가 없었다. 설마 화운정의 해독약을 갖고 있는 건 아닐 테고 내공으로 독을 밀어낸 것일까?

그 정도의 내공을 가졌다면 왕이생이 감당할 수 없는 상대다.

아니, 애초에 지금 이 피바다를 만든 놈이라면 충분히 그만한 실력을 갖고 있다고 봐야 했다.

왕이생은 긴장하여 살짝 마른침을 삼키며 물었다.

"네놈이 이 혈해(血海)를 만든 놈이렷다?"

혈인, 진자강은 부정하지 않았다.

"그렇습니다."

"어디의 사주를 받고 왔느냐."

"약문에서 왔습니다."

왕이생은 조금 헷갈렸다. 약문이라는 말을 그도 너무 오랜만에 들은 탓이다.

"약문? 중원(中原)의 약문?"

운남은 변방이므로 중원이라고 하면 대개 하남성 일대의
강호 무림을 칭한다.

운남에도 수십의 약문 문파가 있는 만큼 중원에도 상당
한 약문들이 존재한다.

그건 진자강도 이제껏 생각하지 못한 부분이다. 태어나
서 한 번도 운남 밖으로 나가 보지 못했으니 말이다.

"중원에도 약문이 있습니까?"

"지금은 아마……."

왕이생은 대답을 하다 말고 진자강의 말에서 느껴지는
이질감을 찾아냈다.

"너 이놈…… 중원이 아니라 여기 운남이었느냐!"

"상상도 못 했다는 얼굴이군요."

"그럴 리가…… 약문에 이런 고수가…….'"

"내가 약문이라고 하면 다들 그런 반응이었습니다."

왕이생이 소리를 질렀다.

"거짓말 마라! 약문 출신이 애꿎은 서른 명을 피에 절여
죽이느냐? 말이 되는 소리를 해야지!"

그 와중에도 핵심을 피해 말을 돌리는 왕이생이다.

진자강은 헛웃음이 나왔다.

이제껏 대부분의 독문 인물들은 '약문은 다 죽였는데 정
말 네가 약문의 후예냐.'는 식으로 말을 했었다. 한데 왕이

생은 말도 안 되는 소리로 진자강을 몰아붙인 것이다.

파절침의 해독제를 먹었으니 그게 효과가 날 때까지 살짝 시간을 벌려는 속셈도 있을 터였다.

하나 이미 그런 말장난 같은 수법도 여러 번 경험한 진자강이다. 진자강은 흔들리지 않았다.

"약문 출신은 사람을 죽이면 안 됩니까?"

"약문 출신 중에 그런 놈이 어디 있느냐!"

진자강은 살기 어린 웃음을 지었다.

"당신들이 나를 지옥으로 던져 놔서 그렇습니다. 나는 거기서 기어 올라오며 수천 번, 수만 번이나 당신들을 죽이겠다고 결심했습니다."

"뭣?"

"어쨌든 다행입니다."

"뭐가 말이냐?"

"당신에게 일말의 양심도 없다는 걸 알았으니까요. 양심의 가책이라곤 조금도 안 보이는군요."

왕이생이 코웃음을 쳤다.

"그래서? 죽이는 데 부담이 없다 이거냐? 아직 생각이 어리구나!"

"아니오."

진자강은 피칠한 얼굴로 왕이생을 노려보며 하얀 이를

드러냈다.

"그런 자를 죽일 때 더 만족감이 크거든요."

"이 어린놈이 입만 살아서……."

왕이생은 이를 갈며 몰래 기습 공격을 준비했다.

그러나 막 움직이려는 순간에 잠깐 주춤할 수밖에 없었다.

갑자기 배가 따끔거려서다.

'파절침? 파절침의 해독제는 이미 먹었는데?'

갑자기 배가 당기며 식도부터 가슴, 배까지 타는 듯한 통증이 왔다.

뭔가 이상하다!

'해독제가 듣지 않은 건가? 그것 말고는 전혀 이럴 일이……!'

진자강이 말했다.

"여기까지 혼자 온 걸 보니 다른 두 사람은 이미 중독된 것 같은데, 당신만 중독되지 않았군요. 사람에 따라 듣지 않는 독이 있다 들었지요. 그래서 이번엔 다른 독을 써 봤습니다."

"바, 방금 그거? 그건 파절침이라고 하지 않았느냐!"

"하나는 파절침이 맞습니다만."

왕이생은 당황했다.

자기는 두 발의 침을 맞았다.

"이, 이런 개……!"

왕이생은 신음을 내지 않기 위해 이를 악물어야 했다. 그럼에도 이마에 식은땀이 맺히는 것까지는 어쩔 수 없었다.

"딴 건 뭐냐!"

"다른 하나는 사황신수라는 독입니다."

사황신수는 암부의 독 중에서도 최고로 꼽는 독이다. 어지간한 무공의 고수도 사황신수에 중독되면 살 수가 없다.

왕이생은 마른침을 꿀꺽 삼켰다.

'그렇다면 문주님과 양 대주가 당한 건 유유정이었구나.'

도대체 유유정을 언제 하독했는지 몰라도 왕이생은 체질 덕에 버텼던 모양이다.

원래 같은 독을 써도 사람의 체질에 따라 중독 시간이나 증상이 다르게 나타난다. 운이 좋으면 부작용이 거의 없이 살아나는 경우도 있다.

하지만 그런 운이 여러 번 작용하지는 않는다.

유유정처럼 특수한 효과를 기대하고 만드는 독은 그럴 수도 있지만 암살에 이용하는 독은 다르다. 주독에 여러 종류의 독을 섞어 만든다. 실패하지 않기 위해서다.

사황신수가 그런 독이다.

"크윽."

벌써부터 몸이 뻣뻣하게 마비되어 온다.

사황신수의 독이 순식간에 퍼져 버린 것이다. 뱀독을 주독으로 하는 사황신수는 고통과 마비를 동시에 수반한다.

왕이생은 이를 악물고 주먹을 꽉 쥐었다. 고통을 참느라 이마에 맺힌 땀이 뚝뚝 흘러내리기 시작한다.

'조, 조금만 빨리 알았어도!'

확실하게 중독된 걸 느낄 수 있었다. 해독제를 먹었다고 안심한 게 실수였다.

만일 파절침 말고 다른 독침이었다는 걸 알았다면 점혈을 해서라도 독이 퍼지는 걸 막았을 터였다.

그러나 상대는 파절침이라고 속였고, 해독제를 먹도록 내버려 두기까지 했다. 느긋하게 말을 걸면서 시간을 끌어 독이 퍼지게 만들었다.

'바보같이……!'

강호 경험이 없는 것도 아니고 이런 꼬마에게 허술하게 당하다니!

눈앞이 캄캄해졌다.

허술한 수법에 넘어가서 어이없게 죽게 될 판이다.

생각 같아서야 그냥 단매에 때려죽이고 싶은 놈이지만, 그것도 쉽지 않다.

유정과 사황신수까지 쓰는 걸 보니 이놈이 암부까지 멸문시킨 장본인이라는 뜻이다.

석림방은 물론이고, 암부까지 몰살시킨 놈과 싸워 봐야 승산이 있겠는가!

왕이생이 할 수 있는 거라고는 악담을 퍼붓는 것뿐이었다.

"어린놈이…… 더러운 짓을 하는구나!"

물론 진자강은 조금도 흔들리지 않았다.

"당신은, 당신을 죽이려는 자가 하는 말을 믿습니까?"

왕이생은 잠깐 말문이 막혔지만 어차피 이판사판이다.

"싸움에도 최소한의 도의가 있는 법이다!"

진자강은 가슴속에서 울화가 치밀어 하마터면 큰소리로 웃을 뻔했다.

하하하!

아무런 예고도 없이 공격해서 약문을 궤멸시켜 놓고, 사람을 고문하고 이용했으면서 도의를 주장하다니!

이들에게는 죄책감 따위는 정녕 없는 것인가?

뻔뻔하다.

얼굴에 철갑을 두른 듯 참으로 뻔뻔하다.

이토록 뻔뻔하니까 그런 짓을 저지르고도 그런 말을 할 수 있는 것일 터이다.

진자강은 머리의 혈관이 터질 정도로 분노했지만 내색하지 않았다.

"내가 아는 것과는 다른데…… 좋습니다."

진자강은 품에서 종이로 싼 약을 꺼내 왕이생의 앞에 던졌다.

"뭐냐?"

왕이생은 의심스러운 눈으로 접은 종이를 쳐다보았다.

보통 이런 종이는 가루약을 싸는 데 쓰인다. 해독약일 가능성이 매우 크다!

과연, 진자강이 말했다.

"해독약."

왕이생은 움찔했다.

뻔히 아니라고 생각하면서도 고민이 되었다.

'놈의 말이 사실일까?'

아니, 상식적으로 생각해 봐도 적에게 해독약을 건네줄 리가 없지 않은가 말이다.

그러나 왕이생이 살길은 해독약을 먹는 것뿐이긴 하다.

왕이생은 힐끗 진자강의 표정을 살폈다. 진자강의 얼굴 표정은 진지하다. 그것만으로는 진위를 알기 어려웠다.

"끄응."

몸이 계속 굳어 가고 있었다. 온몸을 바늘로 찌르는 것처럼 통증이 심하다.

고통도 고통이거니와 살기 위해서는 조금이라도 빨리 해독약을 먹어야 한다.

하지만 그 전에 묻지 않을 수가 없었다.

"내게, 해독약을, 주는 이유가 뭐냐."

진자강이 대답했다.

"당신이 말한 것처럼, 이 싸움에 도의가 있는지 알아보기 위함입니다."

"흐흐흐. 내가 멍청이로 보이냐? 이건 끅, 독이겠지. 끄윽. 날 더욱 고통스럽게 만들…… 독!"

"이미 중독이 됐는데 뭐하러 또 독을 씁니까. 그건 분명히 사황신수의 해독약입니다."

왕이생이 생각해 보니 일리가 있다. 중독되어 죽기 일보 직전인데 굳이 또 독을 먹일 이유가 없다.

아니, 하지만 해독약이 아닐 수도 있다.

해독약인 줄 알고 먹는 모습을 보며 낄낄대고 조롱하려는 의도일 수도 있지 않은가!

하지만 표정을 보면 정말로 해독약인 듯도 하고…….

왕이생은 혼란스러워졌다.

진자강이 망설이고 있는 왕이생을 보며 말했다.

"그럴 줄 알았습니다."

진자강이 갑자기 뒤로 물러났다.

왕이생은 진자강의 눈치를 보다가 굳어 가는 손을 뻗어 종이를 집었다. 더 늦으면 어차피 해독약을 먹어도 소용이 없게 될 것이다. 이판사판이니 일단 먹어나 보자는 심정이었다.

하나 벌써 손이 바들바들 떨려서 종이가 잘 집히지도 않았다.

'만일 해독제가 맞다면 네놈은 실수하는 것이다. 조금이라도 독이 풀리면 내가 죽는 한이 있어도 네놈의 팔 하나 정도는 가져가 주마!'

하지만 왕이생은 종이를 집을 수 없었다.

팍!

그의 손등에 철산이 꽂힌 때문이었다. 철산이 손등을 관통해 땅까지 박혔다.

"······컥?"

하나 뜻밖의 일이었던 터라 왕이생은 순간 사고가 정지했다.

왕이생이 진자강을 빤히 쳐다볼 수밖에 없었다.

해독약을 집으라 해 놓고 왜?

하지만 진자강은 이미 그사이에 바닥에 떨어져 있는 철산 하나를 더 들고 있었다.

왜?

왕이생은 진자강과 바닥의 종이를 번갈아 보았다.

해독약, 해독약이 맞구나!

진짜 해독약을 던져 놓고 먹지 못하게 만들 셈이었구나!

왕이생은 그 생각이 들자 온 힘을 다해 다른 손을 뻗어 종이를 집으려 했다.

그러나 몸이 마비되어 동작은 느렸고, 그의 행동은 진자강에 의해 쉽게 저지되었다.

그 손마저 철산에 꿰뚫려 땅에 박혀 버렸다.

죽음이 가까워져 오고 있었다.

하지만 저걸, 저걸 먹으면 살 수 있다!

왕이생은 손으로 집을 수 없자 머리라도 들이밀었다.

콱!

종이 앞에 철산이 꽂혔다. 머리를 어떻게 해 봐도 철산이 가로막고 있어서 종이를 입으로 물 수가 없었다.

"으…… 으아아아아아!"

양손이 바닥에 박힌 채 왕이생은 짐승처럼 울부짖었다. 고통을 억지로 참고 있었는데 그것도 한계였다.

해독약이 바로 앞에 있는데 먹을 수가 없었다.

해독약을 먹게 해 줘!

갈구하는 눈빛으로 왕이생이 진자강을 쳐다보았다.

진자강은 차갑게 말했다.

"당신들에 대한 내 도의는 지금 거기까지입니다."

잔인할 정도의 말투였다.

"으으으. 이건 너무…… 이건 너무 심하지 않으냐! 차라리 날 죽여라!"

"그렇습니까? 철산문은 너무 고통스러워서 죽여 달라는 약문 사람들의 혀를 뽑았다고 합니다. 당신들 독곡은 어땠습니까?"

"으……."

왕이생은 아무 말도 하지 못했다.

"아, 아프다. 너무 아파. 제발……."

왕이생의 몸이 비틀렸다. 얼굴이 하얘지고 입술을 덜덜 떨었다. 극심한 통증이 밀려와 버틸 수가 없었다.

왕이생이 간절하게 부르짖었다.

"끄윽, 끅. 제, 제발 자비를……."

"타인의 목숨과 타인의 고통은 우습게 여기면서 자신의 고통은 참지 못하겠습니까? 그런 자들의 부탁 따위는 들어줄 생각이 없습니다."

"끄윽……."

왕이생은 머리가 아득해졌다.

주르륵, 주룩.

눈과 코, 입 등의 칠공(七空)에서 피가 쏟아졌다.

팍하고 몸에서 뭔가 터진 것 같더니 갑자기 개운해졌다.

고통이 사라졌다. 방금까지 왕이생을 괴롭히던 끔찍한 고통이 거짓말처럼 사라졌다.

그것은 훨씬 좋지 않은 징조다.

고통을 느낄 수 있는 감각마저 죽었다는 뜻인 것이다.

왕이생은 핏물이 고인 눈으로 진자강을 올려다보았다.

"죽는…… 거냐?"

왕이생은 그러지 않으려고 했지만 목소리가 떨렸다.

"내가…… 죽는 거냐?"

그제야 진자강이 다가왔다. 진자강은 살의가 치밀어 왕이생을 때려죽이고 싶은 것을 겨우 참고 물었다.

"다른 두 사람은 어디에 있습니까."

"대답해…… 내가…… 내가 죽는 거냐고……."

"그렇습니다."

"이렇게…… 죽을 줄은 몰랐는데……."

왕이생은 몸에 힘이 풀려 엎어지려는 것을 겨우 버텼다.

"두 사람은 어디 있습니까."

진자강이 다시 물었다.

왕이생은 피를 토하며 웃었다. 그나마라도 말을 해 주지 않겠다는 작은 복수의 표현이었다.

진자강도 대답 듣기를 포기했다. 애초에 큰 기대도 하지 않았다.

"그럼 가십시오. 지옥으로."

"지, 지독한 놈. 오냐. 네놈 말대로 지옥에 먼저 가서…… 기다려 주마."

왕이생은 마침내 더 버티지 못하고 엎어졌다. 바닥에 흥건한 피의 웅덩이에 그의 머리가 처박혔다.

철벅!

진자강은 고꾸라진 왕이생을 내려다보았다.

"나는 늦을 수도 있으니까 너무 오래 기다리지는 마십시오."

그러나 왕이생은 이미 그 말을 들을 수 없었다.

진자강은 살의를 가라앉히며 왕이생의 주검을 스쳐 지나갔다.

아직 둘 남았다.

*        *        *

강규는 가부좌를 틀고 운기행공을 하는 중이었다.

피가 섞인 시커먼 땀이 연신 흘러나왔다. 그래도 한 문파의 문주라 어지간한 독은 내공으로 밀어낼 수 있는 수준이었다. 한데 이놈의 독은 어찌나 지독한지 좀처럼 몰아내지 못하고 있었다.

아니, 사실은 이미 중독된 지 오래된 탓에 몰아낼 수 있는 시기를 놓쳤다고 봐야 했다.

그래도 운기행공을 하는 덕에 상태가 더 심각해지지는 않고 있었다.

다만 호법을 서는 양태는 달랐다. 양태는 달리 처치를 하지 못해 계속 더 상태가 심각해져 가고 있었다.

"으으……."

양태는 강규의 눈치를 보았다. 하지만 좀처럼 운공을 끝낼 기미가 보이지 않았다. 문주인 강규의 얼굴이 붉으락푸르락하는 것으로 보아 아직도 한참이나 운공을 해야 할 것 같았다.

양태는 참을 만큼 참아 보았지만 고통을 참기가 쉽지 않았다. 양태가 어쩔 수 없이 강규를 불렀다.

"무, 문……."

한데 그때.

절룩…… 절룩절룩.

산 위에서 피로 목욕을 한 것처럼 피를 뒤집어쓴 자가 발을 절며 내려오고 있었다.

'절름발이?'

양태는 자신이 무심코 내뱉은 말을 되새기다가 등줄기에 소름이 다 끼쳤다.

'절름발이!'

절름발이에 대한 독문 내의 소문은 자기도 들은 바 있다.

아마도 그 소문의 장본인으로 사료되는 절름발이가 산 위에서 내려오고 있었다.

그 방향은 오전에 철산문의 서른 명 무사가 지나갔던 길이고, 조금 전 왕이생이 올라간 방향이기도 하다.

'설마…… 다 죽었다는 건가? 왕 노형(老兄)까지?'

양태는 재빨리 절름발이의 뒤를 쳐다보았다. 그러나 절름발이 한 명 외에 다른 이의 인기척은 느껴지지 않았다.

그렇다는 것은…….

'놈 혼자서?'

양태는 아직도 움직이자 않는 문주를 욕하면서 손가락 사이에 몰래 독침을 끼웠다.

선수필승(先手必勝)! 혹자는 그것이 강호의 예에 어긋난다 말할지라도 암기를 쓰는 양태에게 있어 기습만큼 효과적인 공격 방법은 없었다.

양태는 언제든 독침을 던질 수 있게 출수 준비를 했다.

'조금만, 조금만 더 가까이 와라.'

몸이 좋지 않아서 평소만큼 던질 수가 없었다. 거리가 가까워야 정확하게 맞출 수 있을 터였다.

하지만 혈인, 진자강은 십여 걸음 정도의 거리에 멈춰 서더니 더 이상 다가가지 않았다.

'젠장! 조금만 더 오라고!'

양태가 아쉬워하고 있는데 진자강이 양태와 강규를 쓱 훑어보았다.

"운공 중이군요. 호법을 서는 중입니까?"

그러더니 갑자기 고개를 끄덕이는 것이었다.

"좋습니다."

"응?"

진자강은 주변을 둘러보더니 숲 쪽으로 걸어갔다. 바닥에 떨어진 나뭇가지를 줍고, 근처의 나무에서 열매를 따 왔다.

나뭇가지에 불을 붙여 모닥불을 만들고는, 긴 젓가락 몇 개를 꺼내 열매를 끼우고 굽기 시작했다.

'뭐지? 저게 무슨 배짱이지?'

양태는 진자강의 의도를 몰라 매우 불편했다.

진자강은 양태와 강규를 앞에 두고도 태연하게 나무 열매를 구웠다.

금세 향긋한 냄새가 풍겨 오기 시작했다.

익숙한 향이었다.

'목과(木瓜)?'

가을에 목과는 매우 흔한 열매다.

하나 진자강이 든 목과는 덜 익어서 색이 퍼렇다. 딱딱하고 떫어서 먹을 수 있는 열매가 아니다.

그래서 굽는 걸까? 아니, 그렇다 해도 목과를 구워서 먹는다고?

양태의 얼굴이 일그러졌다.

"무슨 수작이냐!"

양태가 눈에 힘을 주고 진자강을 노려보았지만 진자강은 태연했다.

"아, 신경 쓰지 마십시오."

양태는 기가 막혔다.

"네놈이 눈앞에서 이상한 짓을 하고 있는데 어떻게 신경을 쓰지 않는단 말이냐?"

"그렇군요."

진자강이 목과를 구우며 말했다.

"저 위에서 만난 누군가가 그러더군요. 도의를 지켜야 한다고. 당신들에게 그만한 가치가 있는지는 모르겠지만, 노력하는 중입니다."

양태는 화가 치밀었다.

"그게…… 전신에 피 칠갑을 하고 온 놈이 할 소리냐?"

"그렇게 볼 수도 있겠군요."

"뭣이?"

양태의 말을 하찮게 넘기는 태도가 양태를 더욱 화나게 만들었다.

그러나 화가 났다고 해서 섣불리 손을 쓸 수가 없었다. 암기를 던지기에는 거리가 모자랐다.

게다가 진자강이 너무 당당해서 뭔가 믿는 구석이 있는 것처럼 보이는 것이다!

'이놈이……!'

양태가 믿을 거라곤 강규가 운공으로 힘을 회복하는 것뿐이다.

하지만 강규는 아직도 일어날 기미가 안 보였다.

양태는 초조했다.

강규가 운공을 마칠 때까지 시간을 끌어야 하면서도 또 시간이 너무 길어지면 자기가 위험해지는 것이다. 이미 다리에 힘이 풀리기 일보 직전이다.

'이 얼어 죽을 문주! 일어나라고! 어서!'

양태의 바람과는 정반대로 강규와 진자강, 어느 쪽도 먼저 움직이지 않았다.

진자강은 목과가 어느 정도 구워지자 들어서 씹어 먹었다.

으적으적.

신맛이 나는지 얼굴을 찡그린 진자강이었다. 먹다가 씨를 씹어서 딱, 소리가 나자 씨는 뱉어 냈다.

하나를 다 먹고 나자 젓가락은 모닥불에 꽂아 넣어 태우고, 다시 다른 젓가락에 끼워져 있는 목과를 먹기 시작했다.

그 모습이 너무 천연덕스러워서 양태는 어이가 다 없었다.

"왕 노형과 철산문의 제자들은 어찌 됐느냐?"

으적으적.

목과를 씹으면서 진자강이 양태를 빤히 바라보았다.

"왕 노형이 누굽니까?"

양태는 왕이생에 대해 설명하려다가 그게 더 구차해서 입을 다물었다.

그냥 궁금한 거나 물어보기로 했다.

"우릴 중독시킨 게 너냐?"

"그렇습니다."

"도대체 언제 하독을 했지? 난 네놈을 본 적도 없다."

"사실 구면입니다만."

진자강은 목과를 한입 더 아작 깨어 물고는 목과의 껍질로 얼굴을 문질러 피를 지웠다.

그제야 양태는 진자강을 알아보았다.

"허! 네놈, 객잔에서 닭을 가지고 난리 치던 그놈이었구나! 네놈이 절름발이였다니!"

생각해 보면 그때도 다리가 불편해 보였다. 그게 닭 때문에 그런 줄 알았더니 그냥 절름발이였기 때문에 그랬던 것이다!

그때 양태의 뇌리로 번개처럼 스쳐 가는 생각이 있었다.

닭!

절름발이가 객잔에서 하독한 건 확실하다. 그렇다면 가장 의심스러운 건 절름발이가 닭을 풀어놓았던 그때뿐이다.

"어젯밤에 닭을 날뛰게 한 건 닭에 독 가루를 묻혀서⋯⋯!"

하지만 말을 하다 보니 그런 것 같지가 않다.

닭이 아니다.

닭들이 날뛸 때 분명히 강규가 닭에 독이 있는지 확인해 보았다.

아무 문제가 없었다.

그럼 닭에 독 가루를 묻힌 게 아니라면 왜 굳이 닭을 날뛰게 한 것일까?

그때가 아니라면 언제 하독한 것일까. 매 순간 의심 많은 강규가 독을 확인했기 때문에 도저히 그럴 틈이 없었을 텐데 말이다.

"도대체 어떻게……."

양태가 의심스러운 눈으로 목과를 씹는 진자강을 바라보는데, 진자강이 씨를 골라내곤 젓가락을 모닥불에 꽂아 태우며 물었다.

"아침은 잘 드셨습니까?"

"국수?"

양태는 아침으로 먹은 국수를 떠올렸다.

하나 그때도 강규가 그릇을 받자마자 국물에 독이 있는지부터 확인했다.

아무런 문제가 없었다.

그러고 나서는 그냥 식탁 위에 올려져 있는 통에서 젓가락을 빼 들어 국수를 먹었을 뿐…….

한데 양태의 눈에 진자강이 긴 젓가락에 끼운 목과를 모닥불에 굽는 모습이 보였다.

거기에, 닭이 활갯짓을 치며 날아다니는 광경과 허연 물똥을 싸대서 식탁이 다 어지럽혀진 광경들이 겹쳐졌다.

하여 양태가 식탁 위로 올라가 젓가락이 든 통을 들고 젓가락을 던져 닭을 잡았다.

"분명히 그때는……."

양태는 기억을 더듬었다. 자신이 던진 젓가락은 젓가락 머리에 두 줄의 무늬가 있는 대나무 젓가락이었던 것으로 기억이 난다.

하지만 아침에 국수를 먹었을 때엔…….

평범한 민짜의 대나무 젓가락이었다.

진자강이 목과를 끼워 굽고 있는 저것과 같은…….

양태는 진자강의 손에 들린 젓가락을 빤히 바라보았다.

양태의 시선을 느낀 진자강이 젓가락을 들어 흔들어 보였다.

"……!"

양태의 얼굴이 일그러졌다.

자신이 생각하고 있는 게 맞다고 진자강이 인정해 준 것이다.

'젓가락이었나!'

다른 것도 아니고 젓가락! 고작 젓가락이었다니!

하기야 전날 밤에 닭들이 똥을 갈겨 대었으니 식탁 위에 올려져 있던 젓가락들이 멀쩡할 리가 없었을 터였다.

객잔 주인은 이후에 젓가락을 바꿨고, 그 바뀐 젓가락에 바로 독이 묻어 있었던 것이다.

그러니 강규가 국물에 독이 있나 확인했을 때에도 문제가 없었을 수밖에! 확인한 이후에 사용한 젓가락에 독이 묻어 있었으니까 말이다.

"이…… 이……!"

양태는 어이가 다 없었다.

진자강은 그사이 목과를 다 먹고 젓가락을 모닥불에 꽂았다. 젓가락은 나뭇가지와 함께 불타올랐다.

으드득.

양태는 부러져라 이를 갈았다.

중독은 점점 심해져서 배에 구멍이 뚫린 것만 같았다.

엉덩이에서 뜨거운 것이 흘러나오는 것이 느껴진다. 항문에서 피가 날 정도면 상세가 보통 심각한 게 아니다.

양태의 이마에 송골송골 땀이 맺혔다.

더 이상 버티기 어려웠다.

"문…… 주."

양태는 최대한 소리를 낮춰 강규를 불렀다. 물론 진자강이 듣지 않았으면 했지만, 그런 요행은 없었다.

진자강은 양태를 빤히 바라보고 있었다. 뭘 하든 마음대로 해 보라는 표정이었다.

"문주…… 이제 그만 운공을 끝내고 일어나서야 할 것 같소."

강규는 대답이 없었다.

양태는 배가 더 아파 오기 시작했다. 통증이 아까보다도 훨씬 더 급격했다. 내장이 꼬이다 못해 뒤틀려 터지는 것 같았다.

얼굴에서 땀이 뚝뚝 떨어졌다.

"문주⋯⋯!"

양태가 곁눈질을 하며 소리를 높였으나 강규는 아무런 반응이 없었다. 아니, 정확하게 말하자면 반응이 없던 것은 아니었다.

팍!

강규의 코에서 코피가 터져 나왔다.

"문주!"

자기는 그렇다 치고 운공까지 하던 문주가 왜!

운공 중에 내상을 입은 거라면 매우 치명적이다. 거의 주화입마에 들기 일보 직전일 터!

번쩍!

강규가 눈을 떴다.

눈에도 피가 고여서 눈을 뜨자 핏물이 흘렀다.

코와 눈, 입에서도 온통 피가 흘러내리는 걸 보면 도저히 정상적인 상태가 아니었다.

강규가 목에 온통 핏발을 세워 소리를 질렀다.

"놈을 막앗—!"

뭘? 뭘 막으란 말이지?

양태는 무의식적으로 손가락에 끼우고 있던 독침을 진자강에게 던졌다. 하지만 동작은 느렸고 손에는 힘이 들어가지 않는다. 독침은 크게 빗나갔다.

암기술의 고수인 양태로서는 통탄할 일일 터였다.

진자강이 모닥불을 발로 찼다.

팍!

재와 불덩이들이 양태의 얼굴로 튀었다. 몸에 불이 붙어 양태가 급하게 몸을 털었다.

하나 불꽃보다도 다른 게 문제였다. 재를 흡입한 양태의 입에서 금세 하얀 거품이 끓어올랐다.

"끄윽!"

양태가 선 채로 몸을 떨었다.

촤악……! 항문에서 피가 터지듯 쏟아져 바지가 순식간에 흥건해졌다.

양태는 앞으로 고꾸라지며 바닥에 머리를 박았다.

양태는 끝내 왜 강규가 진자강을 막으라 했는지 알지 못한 채 경련을 일으키며 죽어 갔다. 자신의 장기인 암기술은 제대로 써 보지도 못한 허무한 죽음이었다.

아니, 애초에 암살을 전문으로 하는 암부에서 만든 독에 당했으니 그리 죽는 게 당연한 일인지도 몰랐다. 암부의 독은 그만큼 강력했다.

진자강은 양태를 잠시 내려다보다가 모닥불에서 재를 한 움큼 주워 집고는 강규에게로 시선을 옮겼다.

절룩, 절룩…… 발을 절면서 가부좌를 틀고 앉아 있는 강규에게로 걸어간다.

진자강은 강규의 두어 걸음 앞에서 멈춰 섰다.

그러나 강규는 움직이지도 못하고 피가 고인 혈안(血眼)으로 진자강을 노려볼 뿐이었다.

"교활한 놈 같으니……."

강규가 씹듯이 욕을 내뱉었다.

운공 중이라 양태에게 주의하라는 말을 할 수 없었던 것이 천추의 한이었다.

진자강은 도의 어쩌구 하며 목과를 구울 때부터 수작을 부리고 있었다.

운공 중이라 예민해져 있던 강규는 금세 진자강의 수작을 알아챘다. 하나 양태는 몸 상태가 엉망이어서 알아채지 못했던 것이다.

목과의 향은 너무 짙어서 집중을 방해한다. 그 향이 운공 중인 강규에게 영향을 주었다. 극독을 밀어내느라 고도로 정신을 집중해야 하는 마당에 목과의 향이 정신을 산란시키니 미칠 노릇이었다.

게다가 목과의 씨에는 독이 들어 있다. 심지어 진자강이 태운 젓가락에도 독이 발라져 있었음은 두말할 것도 없었다.

그 독 연기가 바람을 타고 날아들었다.

결국 강규는 운공을 실패해 고스란히 내상을 입었다.

중독은 더 심해졌다.

배에 펄펄 끓는 뜨거운 물이 가득 차 있는 듯한 느낌.

내장이 죄다 녹은 것이다.

하여 일어설 수도 없었다. 일어서는 순간 장이 뭉텅이로 쏟아져 즉사하게 될 것이다.

양태처럼…….

강규는 눈을 부릅뜨고 진자강을 올려다보았다. 그러다 문득 진자강의 눈에 깃든 분노를 보았다.

분노의 감정이라는 건 대개 원한에 기인한다. 명령을 받고 움직이는 자가 보일 만한 표정이 아니다.

'이놈이 우리에게 원한을 가질 일이 있던가?'

강규는 퍼뜩 떠오르는 생각이 있어 물었다.

"복수…… 냐?"

진자강이 의외라는 눈으로 강규를 보았다.

"당신들은 약문의 피로 파절침을 완성하였죠. 그러니 이제 그 피의 대가를 치를 때가 됐습니다."

강규는 이미 절름발이에 대해 여러 차례 경고를 받은 바

있었으므로 미리 생각해 둔 바가 있었다.

"누군가 했더니, 팔 년 전에 지독문하고 관계가 있던 놈이었구나."

"그렇습니다."

강규가 갑자기 욕설을 내뱉었다.

"개새끼……."

그러나 그건 진자강에게 한 욕이 아니었다.

망료가 떠오른 때문이었다.

망료는 분명히 알고 있었다.

그럼에도 철산문에는 그저 노리는 자가 있으니 조심하라는 말만 전해 왔을 뿐이다.

처음부터 제대로 경고를 해 줬다면 이렇게 당할 일은 없지 않았겠는가!

아니…….

사실 생각해 보면 무조건적으로 망료의 잘못이라고 하기도 어려운 부분이 있긴 하다.

망료는 팔 년 전에 말했었다.

'절름발이 꼬마'가 지독문을 멸문시켰다고.

믿지 않은 건 자신들이다. 이후에 결국 망료는 진술을 번복해 버렸으니까.

"큭큭."

갑자기 웃음이 나왔다.

어이가 없었다.

지금 눈앞의 절름발이는 당시에 훨씬 더 어린 꼬마였을 것이었다.

그 꼬마가 지독문을 멸문시켰다는 걸 누가 믿겠는가. 그리고 그 얘기를 믿지 않은 대가로 운남의 오대 독문 중 셋이…… 아니 자신의 철산문까지 포함해서 넷이 사라지게 생겼다.

"크크…… 크크크!"

이건 정말 자기가 다시 태어나서 같은 얘기를 듣는다고 하더라도 믿지 못할 일이 아닌가 말이다.

"재밌구나."

그 말에 진자강의 눈이 사나워졌다.

"재밌다고 했습니까?"

강규는 울컥하고 한 모금의 피를 토해 낸 후 피를 닦지도 않고 말했다.

"세상일이 생각대로 돌아가지 않으니까 재밌다는 것이다. 나는……."

그 순간 진자강이 손에 움켜쥐고 있던 재를 강규의 얼굴에 뿌렸다.

확!

말을 하던 중이라 입을 벌리고 있던 강규는 재를 잔뜩 먹고 말았다.

"컥!"

강규의 눈이 커졌다. 어이가 없다는 눈빛으로 진자강을 쳐다보았다.

"컥컥! 이, 이게 무슨⋯⋯!"

"재밌다고 했습니까?"

진자강은 화가 나서 머리카락이 다 스멀스멀 솟구쳐 오르고 있었다.

진자강이 이를 씹듯이 말을 내뱉었다.

"당신은 이게 재밌어 보입니까? 내가 재밌어 하는 것으로 보입니까?"

"컥, 큭. 큭."

재로 범벅이 된 강규의 입에서는 벌써 거품이 흘러나오고 있었다. 생기가 점점 사라져 가는 중이었다.

"그륵, 그럼⋯⋯ 넌 재미가 없느냐? 그륵⋯⋯."

진자강은 젓가락을 뽑아서 강규의 목덜미를 찍었다.

팍!

내공이 제대로 실리지 않은 대나무 젓가락은 강규의 목덜미를 뚫지 못하고 뼈에 걸려 부러졌다.

강규는 조금 움찔했을 뿐 크게 개의치 않았다. 가래 끓는 소리를 내면서 오히려 진자강을 비웃었다.

"그르륵…… 내공도 부족하고…… 무공도 변변찮아……. 고작 이런 놈에게 운남의 사대 독문이 멸화하다니. 그륵, 그륵……."

그륵거리는 것이 마치 웃는 소리 같았다. 정말로 재밌다고 웃는 것처럼 느껴졌다.

진자강은 젓가락을 들어 다시 강규를 찌르려다가 말았다.

어차피 강규는 죽는다. 이것은 고작 화풀이에 불과한 것이다. 감정에 휩싸이지 말자고 몇 번이나 되뇌지 않았는가.

"후읍."

진자강은 숨을 고르며 팔을 내렸다.

강규가 다시 웃었다.

"그래…… 그르륵, 최소한 감정을 다스릴 줄은 아는군."

진자강은 강규를 내려다보며 물었다.

"마지막으로 할 말이 있다면 들어드리겠습니다."

"그르르륵, 어차피 죽을 마당에……."

입에서 피거품이 계속해서 흘러내려 강규는 숨 쉬는 것조차 불편해 보였다. 하지만 강규는 진자강에게 물어보았다.

"너는 우리가…… 큭, 크륵…… 왜 약문을 쳤는지 궁금하지 않으냐?"

진자강은 딱 잘라 대답했다.

"궁금하지 않습니다. 관련된 자는 모두 죽일 겁니다."

"그렇다면 더더욱 궁금해해야 할 거다. 크르륵."

진자강이 듣건 말건 강규는 말을 계속했다.

"왜냐하면…… 우왁!"

강규는 매우 심하게 피를 토했다. 피와 피거품이 섞여 녹은 내장 덩어리들이 튀어나왔다.

강규의 눈이 가물거렸다.

강규는 녹아서 흐느적거리는 눈동자로 진자강을 바라보며…… 한풀이 혹은 하소연을 하듯 꺼져 가는 목소리로 말했다.

"우리도…… 어쩔 수 없었으니까……."

"어쩔 수 없었다고요?"

진자강이 이를 갈았다.

"헛소리하지 마십시오. 어쩔 수 없어서 죄 없는 사람들을 고문하고 그들의 죽음을 조롱했습니까!"

하지만 강규는 비릿하게 웃었다.

"죄가…… 없다라……."

강규는 서서히 고개를 떨어뜨리며 앉은 채로 죽었다. 강규의 입에서는 끊임없이 피가 흘러나오고 있었다.

진자강은 그런 강규를 한참이나 내려다보았다.

마침내 사대 독문의 수장을 모두 죽였다.

하지만 강규의 마지막이 진자강의 마음을 불편하게 만들었다.

다른 고수들은 죽기 직전 목숨을 건 한수를 날렸는데, 강규는 한마디 말만으로 진자강을 괴롭혔다.

어쩔 수 없었다고.

운남의 오대 독문이 어쩔 수 없이 약문을 쳤다고.

그 말의 끄트머리에 묻어 있는 찜찜한 느낌. 그것은 아직 진자강이 경험해 보지 못한 다른 세계의 말처럼 느껴졌다.

아니.

진자강은 고개를 세차게 흔들었다.

복잡하게 생각할 필요 없다.

그의 말이 무엇을 의미하든, 어차피 진자강은 종착지에 거의 다다라 있었다.

독곡까지 쓸어버리고 나면 무림총연맹의 백리중을 마지막으로 이 길었던 복수행은 마지막 획을 찍게 된다.

진자강은 눈을 감고 길게 심호흡을 했다.

'아직 철산문에 잔당들이 남아 있다.'

오륙십 명에 가까운 숫자가 철산문에 남아 있었다.

하지만 진자강은 철산문으로 되돌아갈 생각이 없었다.

독문의 대회합은 진자강이 독곡에 잠입할 수 있는 좋은 기회이며 동시에 마지막 기회가 될 수도 있었다. 그 날짜에 맞추려면 지금도 시간이 빠듯하다. 철산문으로 되돌아갔다가 다시 갈 수는 없었다.

하여 진자강은 '그'를 이용하기로 했다.

'그'를 이용해 철산문의 잔당을 처리하려는 생각이었다.

'그'가 과연 진자강의 생각을 따를까?

물론 할 수밖에 없을 것이다.

철산문의 장원에서 오조문의 얘기를 들었을 때, 진자강은 깨달았다.

'그'의 의도를.

그래서 일부러 철산문에서 자신의 모습을 드러냈던 것이다.

'그'가 나서지 않을 수 없도록 말이다.

진자강은 눈을 뜨고 철산문 쪽으로 가는 길을 바라보다가 몸을 돌렸다.

'당신이 나를 이용하려고 했으니 나 대신에 귀찮은 일도 좀 맡아 줘야 할 겁니다.'

절룩, 절룩.

진자강이 향하는 곳은 철산문과 반대인 독곡 쪽 방향이었다.

                    *          *          *

　진자강이 떠나고 약 반나절 뒤.

　망료가 나타났다.

　망료는 오조문에서 나와 진자강의 흔적을 좇아 여기까지
온 길이다.

　온 사방이 피로 흥건한 끔찍한 참극의 현장을 보면서 망
료가 빙긋 웃었다.

　"좋아. 아주 좋아."

　망료는 산책이라도 나온 것처럼 유유히 현장을 둘러보았
다. 가부좌를 틀고 죽어 있는 강규의 시체 앞에서는 안타깝
다는 듯 혀까지 찼다.

　"거 내가 그렇게 조심하라 주의를 주었건만 사람이 왜
이리 조심성이 없나? 그러니까 이렇게 개죽음이나 당하는
거 아닌가. 쯧."

　망료는 계속해서 걸으며 사방에 죽어 있는 철산문 무사
들의 시체를 확인했다.

　몇몇 무사들의 시체에는 겉으로 보이는 외상이 전혀 없
는 점에 주목했다.

　"이곳에 오기 전 어디에선가 미리 독을 썼군? 강규는 조

심성이 많기로 유명한 자인데도 전혀 알아채지 못했나. 놈이 점점 영악해지고 있어. 껄껄껄!"

한참을 둘러보던 망료는 문득 진자강의 발자국 흔적이 앞쪽으로 이어져 있음을 깨달았다.

"으응?"

철산문이 아니라 독곡의 방향이다.

"뭐야, 이놈."

망료의 얼굴이 묘해졌다.

"철산문으로 안 돌아갔어?"

아무리 확인해 봐도 진자강의 발자국은 독곡 쪽으로 향해 있는 게 맞다. 한쪽 발을 절룩이기 때문에 유독 짝짝이로 남는 진자강의 발자국은 모르려야 모를 수가 없다.

"설마 철산문에 남은 건 봐주기라도 하려고?"

그럴 리가 있겠는가. 진자강은 찜찜하게 잔당을 남겨 둘 성격이 아니다.

석림방에서는 일일이 확인하며 꼬챙이로 찔러 죽였고, 암부에서도 마을 곳곳을 돌아다니면서 살아남은 자들을 찾아 죽였다.

그런 놈이 철산문에 있는 수십 명은 내버려 둔다?

말이 안 되는 것이다.

"독곡에서 열리는 독문의 회합에 꼭 맞춰 가야 할 이유가 있나?"

지금으로써는 그렇게 생각할 수밖에 없기는 한데…….

문득 망료는 진자강이 철산문의 정문에서 난동을 피웠다는 걸 기억해 냈다.

"가만? 그땐 왜 그런 게지?"

조심성이 많은 강규를 속이고 중독시킬 정도로 치밀한 놈이었다. 그런데 제 얼굴을 들이밀고 정문에서 난동을 부려?

아무래도 이상한 일이었다.

그것도 성공한 게 아니라 실패했다고 한다.

듣기로는 파절침을 맞아서 해독약을 가지고 달아났다던데…….

망료의 얼굴이 웃는 듯 마는 듯 찡그려졌다.

"그놈이 독침을 맞고 달아났다고?"

다른 사람은 몰라도 망료는 안다.

진자강에게는 만독(萬毒)이 무용(無用)임을.

지독문의 고수라 할지라도 반나절을 못 버티는 혼천지에서 한 달을 산 진자강이었다.

그런 진자강이 독침 때문에 달아났다?

해독약까지 들고?

망료는 껄껄 웃었다.

"이거 개 같은 놈일세?"

그제야 진자강의 의도를 파악한 망료다.

아무래도 진자강이 석림방의 촌민들이 몰살된 얘기와 암부에서 인근의 농민들이 학살당한 소문을 들은 모양이었다.

그게 진자강이 한 짓이 아니라는 걸 아는 건 진자강 본인과 망료뿐이다. 다른 사람들은 그것이 모두 진자강의 짓, 혹은 독문의 반대파가 저지른 짓이라 생각하고 있다.

진자강은 의아했을 것이다.

누가, 왜 자신의 행적을 이용해서 주변인들을 학살하는가.

왜 그러한 학살극을 자신의 짓으로 몰고 있는가.

"끌끌끌."

망료는 진자강이 무슨 결론을 내렸는지 대강 예상할 수 있었다.

누군가 진자강 자신을 이용하기 위해 자신의 모습을 본 자를 모두 죽이고 있다고 생각한 모양이었다.

그래서 지금 자신의 뒤를 쫓는 자—망료—에게 선택을 강요하는 미끼를 던진 것이다.


나는 철산문의 무사들에게 모습을 보였지만, 그들을 죽

이러 가지 않을 것이다. 당신은 어쩔 것이지? 나를 계속 이용하고 싶다면 철산문은 당신이 처리해야 할걸?

하고 말이다.

그야말로 뻔뻔하기 짝이 없는 태도가 아닌가!

"건방진 놈! 클클."

망료는 수염을 꼬며 천천히 생각에 잠겼다.

진자강은 아직 망료의 존재를 모른다. 그래서 해독약을 들고 달아나는 쓸데없는 짓을 했다.

만약 망료가 철산문을 처리한다면, 진자강은 자신을 이용하려는 존재가 있다는 생각이 맞았음을 확인하게 된다. 하지만 그게 망료라는 건 여전히 모르게 될 것이다.

반대로 철산문을 그냥 내버려 두게 되면, 진자강은 자신의 생각이 틀렸다 생각할 터였다. 그러나 그 와중에 자기가 던진 미끼를 물지 않은 것이 혹시 자신의 과거를 아는 자— 망료— 때문이 아닌지 의심할 수도 있었다.

"어쩔까나……."

망료는 즐겁게 고민했다.

"이번 한 번쯤은 모른 척 속아 줄까나?"

어차피 망료의 원대한 계획을 위해서 철산문은 사라져야 했다.

진자강의 생각과는 달리 망료는 누군가 진자강의 모습을 봤든 말든 상관없다. 진자강에게 뒤집어씌우기 위해 죽일 뿐이지, 증인을 죽이는 게 아니었다.

그러니까 만일 망료가 철산문을 제거한다면 진자강은 자신이 던진 미끼가 먹혔다 생각하겠지만, 사실은 또다시 망료에게 속을 뿐인 것이다.

"클클, 기껏 암부의 불 속에서 버렸건만."

망료는 혀를 찼다. 당시에는 진자강을 적당히 잘 속여 넘겼다고 생각했는데, 진자강은 끝끝내 의심을 풀지 않았다. 그래서 이런 일이 생기게 되었다.

"그리고 보면 이우아사가 딱 우리를 두고 하는 말 같지 않으냐? 껄껄껄!"

서로 의심하고 속인다는 말.

이우아사.

지금의 진자강과 망료에게 그만큼 어울리는 말은 없을 터였다.

망료는 철산문을 향해 경공을 쓰며 달려갔다.

뚜걱, 뚜—걱!

먹어야 할 미끼, 이왕 맛있게 받아먹어야 하지 않겠는가.

\*       \*       \*

해가 거의 넘어가고 있는 저녁.

철산문의 장원.

무사들이 하루 일과를 마치고 막 장원의 대문을 닫으려는 중이었다.

뚜걱, 뚜걱.

목발을 짚고 불편한 걸음으로 장원을 향해 다가오는 긴 그림자가 있었다.

양쪽 발에 모두 의족을 한 데다 목발까지 짚고 있음에도 불구하고 그림자가 다가오는 속도는 굉장히 빨랐다.

무사들이 문을 반쯤 닫았을 때에 벌써 문 앞까지 와 있었다.

무사들은 놀라서 문을 닫다 말았다.

"무슨 일로……."

망료가 너털웃음을 터뜨리며 계속 걸어왔다.

"아, 괜찮아 괜찮아. 하던 일 계속하게. 어차피 문을 걸어 닫을 생각이었거든?"

"예?"

망료는 순식간에 무사들을 지나쳐 반쯤 열린 문 사이로 들어섰다.

문간 바로 안까지 들어간 후 망료가 뒤돌아보았다.

"뭐해? 닫으라니까?"

무사들 입장에서는 누구인지도 모르는 손님이 갑자기 들어와서 문을 닫으라고 하니 당황스럽다.

"아니, 이보시……."

그 순간 망료가 손을 뻗어서 무사의 멱살을 쥐더니 안쪽으로 던져 버렸다.

"억!"

쿠당탕!

망료가 어떻게 손을 썼는지 나뒹군 무사는 일어나지 못했다.

아니, 이미 목이 돌아갈 수 없는 데까지 돌아가서 절명해 있었다.

"으허억!"

문에 서 있던 다른 무사가 대경실색하며 철산을 겨누고 장치를 당겼다.

피잉!

쏘아진 파절침은 망료의 손가락 사이에 잡혀 있었다. 망료는 파절침을 내던지고는 우악스럽게 무사의 머리채를 잡았다. 방금과 마찬가지로 무사의 머리채를 잡은 채 안쪽으로 던져 넣었다.

그러곤 문간 안쪽에 달린 종을 쳐다보았다.

"이게 침입자를 알리는 종인가?"

망료는 거침없이 종의 손잡이를 흔들었다.

땡, 땡, 땡, 땡, 땡!

종소리에 철산문의 무사들이 마구 뛰어나오는 소리가 들려오자, 망료는 흐뭇하게 웃으며 대문을 닫았다.

끼이이익.

잠시 후, 장원 담벼락 위로 사람의 팔 하나가 하늘로 치솟으며 핏줄기를 뿌렸다.

"끄아아아악!"

그것을 시작으로 철산문에서는 끔찍한 비명들이 연이어 울리기 시작했다.

\*    \*    \*

새벽이 다 되어 가는 깊은 밤.

정원에서 술잔을 기울이던 추효의 앞에 망료가 나타났다.

홀연히 사라진 지 닷새 만이었다.

망료는 전신에 피 칠갑을 한 채 추효의 앞에 섰다.

피비린내가 진동을 했다.

추효의 눈이 잠시 이채를 띠었으나 금세 가라앉았다.

망료가 가 버린 이후에도 내내 놓여 있던 빈 술잔에 추효가 술을 따랐다.

망료는 단숨에 술잔을 들어 마시더니 말했다.

"어딜 다녀왔는지 묻지 않나?"

추효가 피식하고 자조 어린 미소를 지었다.

"물어 뭣합니까. 그런다고 달라질 것도 없는데."

망료가 추효를 보며 말했다.

"일어나시게."

"죄송합니다……."

"이제 움직일 때가 됐네."

추효가 얼빠진 얼굴로 멍하게 보고 있다가 고개를 설레설레 저었다.

"제가 가 봐야 어딜 갑니까?"

외동아들과 손자, 며느리까지 한순간에 모두 잃은 추효에게는 삶의 의지는 조금도 보이지 않았다.

망료가 던지듯 말을 내뱉었다.

"절름발이 놈의 행적을 찾아냈네."

그 말에 추효가 흠칫했다.

망료가 말을 이었다.

"놈의 목적과 배후도 알아냈고."

추효의 눈이 커졌다.

"누굽니까?"

망료는 차가운 밤공기를 음미하듯 잠시 뜸을 들였다가, 한참 후에야 말을 내뱉었다.

"독곡."

추효의 눈썹이 일그러졌다. 전혀 생각하지 못했던 충격적인 얘기였다.

"그게…… 사실입니까?"

"나도 처음엔 믿지 못했네."

망료는 최대한 천천히 진심 어린 어조를 담아 말했다.

"내가 자네에게 암부의 사업을 넘겨주려 했던 것, 기억나나?"

"예."

"그 일로 무림총연맹에서 답장이 왔네. 이미 독곡의 요청으로 암부의 사업권이 독곡으로 넘어가 있다더군. 석림방의 사업권도 마찬가지고."

추효가 눈을 부릅떴다. 손이 절로 떨리고 있었다.

"그렇다면 우리 사진이는……!"

"절름발이는 무공이 허술했네. 삼류 건달 수준의 놈팡이였지. 한데 그런 자가 조카를 죽일 정도의 극독을 보유하고 있었다는 건……."

"독곡의 인물이기 때문이었군요."

"사진이가 많이 고통스러웠을 게야……."

"아, 아아……!"

망료가 고개를 푹 숙였다.

"이건 내 잘못일세. 내가 성급한 탓에 조카가 변을 당한 걸세. 내가 암부의 일을 자네에게 가져오지만 않았어도……!"

"형님! 그런 말씀 마십시오!"

추효는 손에 술잔을 들고 있었는데 그것을 놓을 데가 없었다. 술이 남아 있는 술잔을 정자 기둥에 힘껏 던져 깨 버렸다.

쨍그랑!

"내 새끼를 죽인 건 형님이 아니라 독곡입니다. 이 추효, 멍청하지만 그 정도 사리 분간을 못 하는 놈은 아닙니다!"

추효의 눈에서 불길이 일었다. 공허함 때문에 잊고 있던 분노가 되살아났다.

하기야 거대 독문이 하나둘 멸문당하는 게 이상하다 싶었다. 심지어 무림총연맹에 가입되어 있는 문파들인데 말이다.

운남에 그 정도의 과감한 세력이 있다고는 생각되지 않았다.

독곡 말고는.

독곡이 그간 적극적으로 흥수를 찾지 않고 침묵한 것도 확실히 의심스러운 일이었다.

자신들이 벌인 일이었으니까!

망료가 말했다.

"오대 독문이 갖고 있는 각종 이권과 사업의 이익은 막대하지. 그 이권을 독차지한다면, 독곡은 더 이상 변방의 지역 문파로 남지 않아도 돼."

추효는 이를 갈았다.

으드드득!

그에 장단을 맞추듯 망료가 이를 씹으며 말했다.

"독곡의 곡주, 백담향 위종이 평생을 꿈꿔 오던 중원 진출의 꿈이 이루어지는 걸세."

추효가 자리에서 벌떡 일어섰다. 독곡에 대한 분노가 머리끝까지 치밀어 눈이 시뻘게져 있었다.

내공을 끝까지 끌어 올렸는지 머리카락이 서고 술기운이 몸 밖으로 빠져나와 땀이 났다. 땀에서 심한 주취(酒臭)가 났다.

"독곡을 가만두지 않겠습니다. 오조문의 전 인원을 다 동원해서라도!"

하지만 망료는 추효를 힐책했다.

"상대는 독곡이야. 이대로 아무 준비 없이 달려가서 개

죽음을 당할 터인가?"

추효가 울부짖었다.

"그렇다 해도 어떻게 내 자식을 죽인 놈과 잠시라도 한 하늘을 이고 살 수 있단 말입니까!"

"오늘 밤, 철산문이 독곡의 손에 지워졌네. 내가 방금 그 곳에서 온 길일세!"

흠칫!

추효가 입을 다물었다.

오조문이 철산문보다 강하지는 않다. 망료의 말대로 독 곡에 가 봐야 개죽음이 될 뿐이다.

철산문을 하룻밤 만에 지워 버린 독곡의 힘이라면 오조 문 따위는 상대도 되지 않는다.

독곡의 힘은 다른 어떤 독문보다도 강력하다.

"으으……."

분노가 치밀었지만 할 수 있는 것이 없다는 답답함에 추 효가 가슴을 쳤다.

"형님! 너무 억울합니다! 너무 원통합니다!"

"진정하게. 방법이 없는 것은 아닐세."

"하지만 어떻게 말입니까? 무림총연맹에서도 어느 정도 묵인을 하고 있으니 독곡이 이리 날뛰는 것 아니겠습니까!"

"독곡은 절름발이 놈에게 모든 것을 다 뒤집어씌워서 일을 마무리 지으려 할 거야. 무림총연맹의 어떤 자가 관련되어 있는지는 모르나, 우리가 독곡보다 먼저 절름발이를 확보하게 되면 무림총연맹에서도 개입할 명분이 없어질 걸세."

"독곡이 무력을 쓴다면……."

망료는 말없이 안주상의 양쪽을 잡아들었다.

우드드득!

술병과 술잔, 안주를 담은 접시며 놋그릇들을 올려놓은 단단한 나무 상이 순식간에 우그러들었다.

우지직, 꽈드드득!

상까지 포함해서 나무 다리가 부러지고 사기그릇이 깨지며 놋그릇이 구겨졌다. 그러면서도 놀라운 건 조각 하나도 바닥에 떨어지지 않고 있다는 점이었다.

망료는 그것을 꽉꽉 눌러 뭉쳤다.

바닥에 대고 누른 것이 아니라 그냥 공중에서 들고 뭉쳐버린 것이다! 쇠도 아닌 나무를!

가히 가공할 공력이 아닐 수 없었다.

추효도 망료의 무공이 높은 줄은 알았으나 이 정도까지인 줄은 몰랐다.

우득, 꾸득.

완전히 공처럼 구겨지자 망료는 연못에 그것을 던져 버

렸다.

풍덩!

수면에 파문이 일었다.

"혀, 형님."

추효가 입을 벌리고 망료를 쳐다보았다.

"곡주 위종이 개입하려 한다면 내가 맡겠네. 무림총연맹의 압박도 어느 정도는 막아 줄 수 있을 걸세. 하지만 나 혼자서는 안 돼. 그래서 자네가 필요해."

"하면……!"

망료가 추효의 어깨를 붙들고 말했다.

"자네가 운남 정파의 남은 힘을 모아야 하네. 운남의 정의를 위해서. 그게 자네가 해야 할 일일세!"

운남에는 작은 정파의 문파들이 많이 있다. 독문의 세력에 밀려 두각을 드러내지 못하는 중소 문파들이다.

망료는 그들을 설득해 독곡에 맞서자는 것이다.

"시간이 별로 없네. 아마 위종은 이번 독문 대회합에서 중소 독문을 모두 규합하여 스스로가 운남의 왕이 되려 할 걸세."

추효는 이제 스스로가 해야 할 일을 알았다.

망료가 협의 가득한 눈으로 추효의 눈을 똑바로 보며 말했다.

"자네와 내가 운남이 잃어버린 정의를 되찾아야 하네!"

추효의 가슴에도 감정이 들끓었다.

"이 한목숨, 바쳐서 반드시 해내겠습니다. 반드시!"

망료는 추효를 꽉 안았다.

"내 약속하지. 위종과 절름발이 놈의 머리통을 조카의 제사상에 올릴걸세. 그리고 석 잔의 술을 바쳐 조카와 조카 며느리, 손주의 넋을 위로하겠네."

망료는 추효의 귀에 나지막이 말했다.

"내 장담하지. 놈은 이제 지옥을 마주하게 될 걸세."

추효는 어째서 '놈들'이 아닌 '놈'인지 조금 신경 쓰였으나, 대단한 건 아닌지라 그냥 넘겨 버렸다.

추효는 보지 못하고 있었지만 망료는 매우 흡족한 얼굴로 웃고 있었다.

\*         \*         \*

철산문이 잿더미가 되었다..

문주가 독곡의 회합에 참가하기 위해 떠난 지 삼 일 만이었다.

심지어 철산문 문주 역시 독곡으로 가는 길에 피 웅덩이 속에서 시체로 발견되었다.

이로써 운남이 자랑하던 오대 독문은 사라지고 오로지 독곡 한 군데만이 남았다.

운남이 술렁였다.

그것도 다름 아닌 독문 대회합을 앞두고 벌어진 참사였다.

독곡은 비상사태를 알리고 운남의 모든 중소 독문을 독려하여 가능한 회합에 참가하도록 했다.

물론 그것은 거의 반강제에 가까웠다.

그간 회합에 참가하지 않던 작은 독문들마저도 이번엔 참가하게 되었기에 참가 문파의 수는 생각보다 늘었다.

회합의 일정도 다소 늦춰져서, 보름 뒤로 결정되었다.

\* \* \*

철산문의 멸화에 다른 이들의 눈이 쏠린 사이, 오조문의 추효는 발 빠르게 움직였다.

그는 운남에서 거의 힘을 쓰지 못하고 있는 중소 정파를 찾아다니며 동참을 설득했다.

"손을 잡고 독곡에 대항하자고? 자네 지금 제정신인가?"

청운검파의 주인 미염공이 추효에게 반문했다. 청운검파
는 운남 옥계에 자리 잡은 검파였다. 청운검파의 초대 조사
(祖師)는 중원의 유명 세가에서 검술을 전수받아 백 년 전
운남에 문파를 세웠다.

운남의 정파 대부분이 그러하듯 제자라고는 스무 명 남
짓이 전부인 작은 검파였다. 그간 운남을 휘어잡고 있던 독
문에 대항한다는 건 생각해 본 적도 없는 일이다.

하나 추효는 물러서지 않았다.

"언제까지 참을 작정입니까. 그간 독문이 운남에서 저지
른 짓을 잊으셨습니까?"

"하지만……."

추효가 부르짖었다.

"내 아들이 죽었습니다!"

미염공이 아픈 표정으로 눈을 감았다. 외동아들이 죽고
손자까지 잉태한 며느리가 목을 맸다는 사실은 이미 알고
있었다.

"내 일이 아니라고 놈들의 패악질을 방관한 탓에! 나는
괜찮을 거다, 모른 척한 탓에!"

"자네 아들 일은…… 정말로 안 됐네. 그렇다고 우리 힘
만으로 독곡을 치기는……."

"삼대 독문이 모두 사라지고 없습니다. 이때가 아니면

언제가 기회란 말입니까? 우리가 힘을 합치면 할 수 있습니다."

독문의 패악을 모르는 바는 아니었다. 그동안은 독문의 위세에 눌려 아무 말도 못 하고 살아왔다. 하나 추효의 말대로 암부를 위시한 거대 독문이 모두 멸문한 마당이 아닌가!

"으음."

미염공은 길게 고민했다.


열다섯 명의 제자를 거느린 상룡문의 문주 부용도 추효의 방문을 받았다.

"독곡은 과거 오대 독문의 사업을 모두 가지고 있습니다. 독곡만 처리한다면 오대 독문의 막대한 이권이 전부 우리 것이 될 겁니다."

"암부의 재산을 독곡에서 관리하고 있다는 얘기는 들었네. 철산문이 멸문했으니 이제 철산문까지 독곡의 손에 넘어가게 되겠지."

"그렇습니다."

"하지만 과연 될까?"

"됩니다. 대신 대회합을 마치기 전에 우리가 먼저 움직여야 합니다. 남은 독문이 모두 독곡에 흡수되면 의미가 없어집니다."

"아무리 그래도 독곡은 좀……."

추효는 부용이 망설이는 듯하자 승부수를 던졌다.

"부 문주님께는 우리 오조문의 몫을 포기하고 좀 더 나눠드리겠습니다."

"허어, 이 사람이 나를 이상하게 만드는구먼. 내가 재물에 연연하여 고민하는 줄 아는가?"

"그럴 리가 있겠습니까. 저희가 안 지 십 년이 넘었습니다. 제가 감사의 의미로 나눠 드린다는 뜻입니다."

"음음, 자네의 뜻이 정 그렇다면……."

부용은 은근히 추효의 뜻을 받아들였다. 그냥 넘기기엔 과거 오대 독문이 가지고 있던 재산이 너무 탐났다.


아들을 잃은 추효의 설득은 집요하고 간절했다.

"암부와 철산문을 잃은 독문은 이빨 빠진 호랑이나 마찬가집니다. 지금이 독곡의 악행을 끝장낼 절호의 기회입니다."

이심문의 모랍고는 난처한 표정으로 대답했다.

"독곡은 무림총연맹에 가입된 문파요. 우리가 독곡을 함부로 했다가 나중에 그 뒷감당을 어찌시려오?"

"그래서 문주님의 힘이 필요합니다. 모 문주께서는 곤륜파의 속가 제자셨지요. 문주께서 도와주신다면 곤륜파가 우리의 힘이 되어 주지 않겠습니까?"

"하기야 내가 곤륜에 있을 때 사숙께서 나를 좀 예뻐 하셨지. 지금 무림총연맹의 청해 지부에 있다고 하시던 가……."

"우리도 막아 줄 사람이 있습니다. 문주님의 사숙께서 한마디만 보태 주신다 하더라도 큰 도움이 될 겁니다."

마침내 모랍고도 수긍했다.

"으음. 알겠소. 내 자네 부친과의 연을 생각해서라도 이 번 일에 빠질 수 없겠지. 또 그들의 악행에 종지부를 찍어 야 할 때가 되었기도 했고 말이오."


추효는 정파의 문주들을 만나 계속해서 설득했다.

"제 아들이 놈들의 손에 독살당해 고통스럽게 죽었습니 다. 아시잖습니까? 저희 오조문이 무림총연맹에 가입되어 있는 걸. 그런데도 놈들은 거침없이 제 아들에게 손을 썼습 니다. 독곡이 운남을 완전히 손에 넣게 되면 무슨 일이 벌 어질지 모릅니다. 문주님의 문파도 예외는 아닙니다."

때로는 협박도.

"내 아들이 죽었습니다! 그만한 명분이 어디 있습니까? 저는 문주님의 자제가 놈들에게 당했다면 결코 좌시하지 않을 겁니다. 내 한목숨을 걸고 도왔을 겁니다. 문주님도 나를 도와주십시오!"

때로는 감정에.

"운남에 정의가 남아 있습니까! 독문이 장악한 이후, 우리 운남은 도적이 판치는 무법 지대가 되고 말았습니다. 이제 운남을 우리 힘으로 되돌릴 때가 되었습니다."

때로는 대의에 호소했다.

물론 그중 가장 큰 영향을 끼친 것은 독곡이 독식하고 있는 이권이었다. 수십 년 전부터 오대 독문이 갖고 있던 어마어마한 재산이 한 군데에 몰려 있는 것만으로도 뭇 사람들의 질시를 받기에 충분한 것이다.

추사진은 그 점을 충분히 강조하며 문파들을 끌어들였다. 수단 방법을 가릴 때가 아니었다.

그에 비해 스스로 돕겠다고 나선 이들도 있었다.

"아버님!"

젊은 청년들이 추효를 찾아왔다.

아들 추사진이 가깝게 지내던 젊은 친구들이다. 그들은 피눈물을 흘리며 분노했다.

"사진이를 해친 놈들을 절대로 용서하지 않겠습니다."

"미력하나마 저희도 힘을 보태겠습니다!"

"일전에 강호행을 하며 중원의 몇몇 친구들과 친분을 나

눈 적이 있습니다. 연락만 하면 그들도 우릴 도우러 올 겁니다."

추효가 감격하며 청년들의 손을 잡았다.

"고맙네. 고마워. 반드시 우리 힘으로 운남을 바로 일으키세!"

*     *     *

망료는 흐뭇했다.

높은 나무 위에서 뒷짐을 지고 오조문의 장원을 내려다보는데 마음이 다 뿌듯했다.

"이렇게 쉬운걸."

추효는 아들의 복수를 위해 밤낮도 없이 운남을 돌아다니며 문파들을 설득했다.

집안의 대를 잇고 문파를 이어가야 할 유일한 외아들이 살해당한 사건이었다. 거기에 손주를 밴 며느리마저 불행하게 목숨을 잃었으니 어찌 동정심이 생기지 않으랴.

"이 불쌍한 친구를 모른 척하면 사람이 아니지. 암, 그렇고말고."

보름이라는 짧은 시간 동안 추효의 설득에 동참을 결정한 문파는 무려 스물 둘, 동원하기로 약속한 인원만 백오십 명에 달했다.

그간 독문이 저질러 왔던 악행들을 생각하면 더 이상 방관할 수 없다는 위기감도 팽배했다.

거기에 석림방과 암부, 철산문이 멸문함으로써 독문의 힘이 크게 약화되었다는 것도 한몫했다.

"타인의 어려움은 못 본 척하지 않는 걸 보면, 운남이 살 만한 동네이긴 하구먼. 껄껄껄!"

백오십 명이라는 인원은 독곡을 압도할 수 있는 무력은 아니지만, 운남 정파의 칠 할이 넘는 문파가 모였기에 독곡도 무시하기 어려울 터였다.

하지만 정작 숫자가 얼마나 모였느냐, 그 숫자로 독곡을 어떻게 하느냐는 망료에게 별로 중요한 게 아니다.

강호의 인연은 거미줄보다도 더 복잡하게 얽혀 있다.

운남 정파는 작고 보잘것없는 문파들뿐이지만 그들도 명색이 정파다. 중원에 있는 정파 무인들과 교류를 하고 친분을 맺으며 살아왔다.

유명 세가나 거대 문파의 제자들과 한 다리, 두 다리만 건너면 다 아는 사이라고 할 수 있다. 젊었을 적 같이 술을 한잔했든 무공에 대한 담론을 나눴든 지나가며 인사를 나눴든, 아니면 최악의 악연으로 얽혔든 말이다.

"강호에서 인연만큼이나 끈끈하고 지겨운 관계는 없다

더구나. 너와 나처럼."

추효가 열심히 모은 그들이 밑거름이 될 것이다.

진자강이 당긴 꼬리가 점점 그 몸체를 드러내도록 밀어
주는 역할을 하게 될 터다.

망료는 마치 진자강에게 말하듯 중얼거렸다.

"이번에도 제발 내 기대를 충족시켜 주거라. 내가 네놈
을 위해서 얼마나 많은 준비를 해 왔는지 안다면, 넌 결코
내 기대를 저버려서는 안 돼. 알겠느냐!"

第五章

따뜻한 밥 한 끼

　독곡은 곤명호(昆明湖)가 내려다보이는 웅장한 반룡 서산(西山)에 자리했다.

　굵은 나무뿌리가 꿈틀거리며 갈라진 듯한 자락의 틈새, 양쪽에 수직으로 솟은 절벽을 두고 그사이의 험준한 지형에 전각들을 세웠다.

　땅이 좁고 험난하지만 운남 최고의 성세를 자랑하는 독곡답게 지어진 전각 숫자와 오가는 인원들도 상당했다.

　특히나 대회합을 앞두고 전각의 보수며 치장을 준비하고 있어서 독곡은 평소보다도 훨씬 북적거렸다.

　하지만 독곡의 곡주 백담향 위종은 매우 불쾌한 기분이

었다. 어지간해서는 늘 웃는 표정인 그가 며칠 내내 미간을 찌푸린 채 지내고 있었다.

"곡주, 기분 푸시지요."

독곡의 장로 불각이 위종을 위로했다.

"나도 그랬으면 좋겠는데…… 상황이 아주 마음에 들지 않아."

오조문이 보이는 불온한 움직임이 위종의 심기를 불편하게 만든 탓이다.

"마지막으로 들어온 얘기는?"

위종의 물음에 불각이 대답했다.

"현재까지 확인된 건, 스무 개 문파에 백 명에서 이백 명 사이의 인원이라고 합니다만. 너무 걱정 마십시오. 그래 봐야 제깟 것들이 뭘 어쩌겠습니까."

"내가 그것들을 두려워할 것 같나? 나는 그게 걱정되는 게 아닐세. 어떤 놈이 뒤에서 수작을 꾸미는지 그게 신경 쓰이는 것이지."

오주문의 후계자를 죽인 것이 독곡이라는 얘기가 떠돌고 있으니 의심하지 않을 수가 없다.

불각이 생각하다가 말했다.

"무림총연맹이 우릴 내치려고 수작을 부리는 걸까요?"

위종은 쉽게 대답하지 못했다. 그럴 가능성을 전혀 배제

하기 어려웠다.

"짜증 나는군."

석림방에 암부, 철산문까지 모조리 멸문했다. 마치 독문을 몰살시켜 버리겠다는 듯하지 않은가!

거기다 철산문에 파견한 두 고수까지 잃은 건 덤이다.

"절름발이는? 놈을 찾는 건 어떻게 되었지?"

"목격자를 모두 죽일 만큼 치밀하고 신출귀몰한 놈이라 종적을 찾기가 어렵다고 합니다. 죄송합니다."

"놈이 이 모든 사건의 비밀을 쥐고 있는 것은 확실한데……."

"죄송합니다."

"됐네. 아무래도 망료, 그 작자의 말을 들었어야 했나 보군."

망료는 천라지망을 제의했다. 그때 그렇게라도 해서 흉수를 잡았어야 했는지도 모른다.

"아무래도 후회하긴 너무 늦은 모양일세."

불각이 조심스레 말했다.

"아직 늦지 않았습니다. 지금이라도 무림총연맹의 힘을 빌리면……."

"그 말은 늑대의 아가리에 머리를 집어넣자는 것이지."

"하면 사천에라도……."

위종이 픽 실소를 흘렸다.

"그거야말로 늑대를 피하려다 호랑이를 만나는 격이잖은가."

"끄응. 어렵습니다."

"방법은 하나뿐이네."

위종이 우드득 소리가 나게 주먹을 쥐며 말했다.

"이번 회합에서 강제로라도 운남의 모든 독문을 통합하는 수밖에. 자금은 충분해. 불행히도 암부와 철산문는 잃었지만 그들의 재산은 우리에게 남았으니 말야. 복수는 그 뒤에 하자고."

위종으로서야 어쩔 수 없이 선택한 일이겠지만, 그것은 우연히도 망료가 예측한 바와 같았다.

*      *      *

뚝딱, 뚝딱.

"이쪽! 여기다 가져다 놔!"

망치질 소리와 고함 소리.

사람들 오가는 소리.

독곡은 수많은 인부들로 인해 정신없이 복잡했다.

건물들을 보수하고 숙소도 짓고 있었다.

특히나 눈길을 끄는 것은 내원으로 들어가는 길의 가운데에 떡하니 세워진 커다란 대청(大廳)이었다.

지형이 워낙 협소해서 경사진 땅에 평평한 나무판자로 마루를 덮어 여럿이 모일 수 있는 공간을 만들고, 사방에 기둥을 세웠다. 비가 자주 오는 습한 날씨 탓에 위쪽은 커다란 지붕을 덮어 가렸다.

족히 수백 명은 들어설 수 있는 곳인데, 그곳 역시 보수가 한창이었다.

바닥에 옻칠을 하고 기둥에 붉은 염료를 칠했다. 깨진 기와를 제거하고 새로 기와를 덮었다.

"마루는 꼼꼼하게 칠해야 한다. 습하니까 금세 곰팡이가 피어 버린다고."

인부를 부리는 덥수룩한 수염의 중년 남자가 옻칠을 확인하고 있었다. 우두머리 공두(工頭)다. 공정마다 공두가 있어서 자기의 조를 책임지고 있었다. 이 공두는 대청의 보수를 담당한 목공두였다.

"이제 닷새도 안 남았어! 빨리빨리들 일해!"

기와를 나르던 인부가 지게를 지고 공두에게 다가와 물었다.

"이봐, 공두."

"왜?"

"우리 이거 제대로 돈 받을 수 있는 거지?"

공두가 주변을 둘러보다 황급히 입에 손가락을 올렸다.

"쉿. 조용히 해. 누가 들으면 어쩌려고 그래?"

인부가 찜찜한 얼굴로 조그맣게 말했다.

"아니, 일만 뼈 빠지게 하고 돈 못 받은 게 한두 번이 아니잖아. 이번에도 못 받으면 우리 식구들 밥 굶어야 돼. 다른 데 일할 것도 못 하고 왔어."

"내가 꼭 받아 줄게. 일단 공사부터 끝내고 보자고. 응?"

"에이씨, 더러워서 진짜."

인부는 투덜대면서 다시 일을 하러 갔다.

공두가 한숨을 내쉬었다.

"휴."

한숨을 쉰 공두가 옆에 도료를 들고 지나가던 청년을 보았다.

"바닥 칠하라고 했는데 벌써 다 했어?"

"네."

"그럼 좀 쉬지."

"저쪽 기둥에 칠할 사람이 부족하다고 해서 그리로 가는 중입니다."

"쉬엄쉬엄해. 몸 축날라."

"알겠습니다."

청년이 막 지나가던 차에 공두가 청년을 불렀다.

"어이, 진가야."

"예?"

공두가 머쓱하게 웃었다.

"네 품삯은 꼭 챙겨 줄 테니까 너무 걱정 마라."

"고맙습니다."

청년은 공두에게 꾸벅 인사를 하고 갔다.

절룩절룩.

청년의 뒷모습을 보던 공두가 안쓰러운 표정을 지었다.

처음에 일할 자리가 없냐고 왔을 땐 다소 비실비실해 보여서 못 미더웠던 녀석이었다. 피부도 뽀얘서 거친 일에 어울릴 것 같지가 않았다.

비가 자주 와서 공사가 지연되지 않았다면 쓰지 않고 돌려보냈을 터였다. 한데 정작 일을 시켜 보니 덩치에 비해 힘도 제법 쓰고, 무엇보다 굉장히 성실했다.

시킨 건 늘 생각보다 빨리 끝내고, 시키지 않은 일도 알아서 척척 찾아 해냈다. 가끔은 남들 일 다 끝내고 쉴 때도 돌아다니며 일을 했다.

일이 서툴러서 잘한다고는 할 수 없었으나 쉬지도 않고 일을 하니 어쨌든 한 사람 몫 이상은 하고 있었다.

"다른 사람은 몰라도 저놈 돈을 안 챙겨 주면 내가 벌을 받을 거야."

공두는 고개를 절레절레 흔들면서 일을 계속했다.


진자강은 사다리를 타고 올라가 지붕을 받치고 있는 기둥 위쪽에 붉은 염료를 칠했다.

다행스럽게도 생각보다 수월하게 독곡 내부로 들어왔다.

하나 내부까지 들어왔어도 의외로 빈틈이 보이지 않았다. 며칠째 대청 보수를 하면서 살펴본 결과였다.

우물이라거나 독을 풀 수 있을 만한 주방 등은 경비가 매우 삼엄했다. 심지어 매일 물이 오염되지 않았는지 확인하는 이까지 따로 있었다.

아무래도 독을 쓰는 문파라서 그런지 방비가 철저했다.

게다가 그 외의 곳은 일꾼이며 오가는 사람들이 너무 많아서 함부로 행동할 수가 없었다.

'어렵다.'

진자강이 고민하고 있을 때 콧잔등에 빗방울이 떨어졌다.

툭, 투두둑.

위를 보니 지붕이 뻥 뚫려 있었다. 오래된 지붕의 기와를 뜯어내고 다시 까는 중이었다.

'비⋯⋯?'

위에서 인부들이 불평하는 소리가 들려왔다.

"또 비가 오네."

"이래서야 언제 일을 마쳐?"

비가 오면 위험하기 때문에 작업을 할 수가 없는 것이다.

진자강은 얼굴에 떨어지는 빗물을 손으로 만지며 잠시 생각에 잠겼다.

빗줄기가 거세져서 지붕 위에 있던 인부들이 철수하려 하고 있었다. 그런데 그 모습을 본 독곡의 무사들이 소리를 질렀다.

"뭐하는 거야! 놀 거 다 놀고 쉴 거 다 쉬면 언제 공사를 끝내!"

"하지만 비가 와서……."

"발이라도 헛디뎌 미끄러지면 큰일납니다요."

"이것들이 정신이 나갔나. 회합이 며칠이나 남았다고. 아직 지붕 반도 못 덮었는데, 뭐? 닥치고 올라가!"

독곡 무사들이 칼자루까지 쥐며 인부들을 위협했다. 추적추적 비가 떨어져서 지붕은 더 미끄러워졌다. 인부들은 이러지도 저러지도 못하고 난감해했다.

그때 진자강이 나섰다.

"제가 올라갈게요."

고참 인부가 손을 휘저었다.

"네가? 안 돼. 초보가 할 일은 아냐."

"가르쳐 주시면 되죠."

"허어, 이게 쉬워 보여도 제대로 안 하면 비도 새고 삐뚤빼뚤하게……."

독곡 무사들이 소리를 질렀다.

"왜 한다는 것도 막는 거야! 한 놈이라도 일을 해야 할 것 아냐!"

"안 된다고! 그러다 떨어지기라도 하면 죽어!"

고참 인부가 고성을 지르자 다른 인부들이 고참 인부를 말렸다.

"어차피 일을 제시간에 멀쩡히 끝내긴 어렵고 모양이라도 대충 얹어 놔야지 어쩔 건가."

"이 사람들이?"

"참아 참아. 처자식을 생각해야지. 젊은 친구가 우리보다는 나을 거야."

하지만 그러는 사이에 진자강은 이미 지붕 위로 올라갔다. 고참 인부는 어쩔 수 없이 기와 얹는 법을 알려 주었다.

"여기 암키와에 점토를 얹고……."

인부들이 내려간 사이 진자강은 비를 맞으며 기와를 올렸다. 지붕은 매우 미끄러웠다.

기와를 흐르는 빗줄기에 몇 번이나 발이 미끄러지자 진자강도 식은땀이 났다. 아래로 떨어지면 다리 하나 부러지는 건 일도 아니었다.

하지만 진자강의 얼굴에는 작은 미소가 떠올라 있었다.

생각났다. 독을 쓸 방법이.

하지만 아직 한 가지가 더 필요한데…….

진자강은 문득 비바람에 날려 지붕 위를 구르고 있는 은행나무 열매들을 보았다.

독곡의 전각 주위로 족히 수백 년은 되었음 직한 은행나무들이 자라고 있다. 곤명호에는 은행나무 군락지들이 있고, 독곡이 자리한 이곳도 마찬가지다.

진자강은 은행 열매를 집어 입에 넣었다.

물렁한 외피가 팍 하고 터지면서 고약한 냄새가 났다. 열매에는 독이 있다. 입 안이 간질간질 얼얼하다.

오도독, 물렁한 외피 안쪽으로 딱딱한 껍질이 씹혔다. 껍질 안의 은행알에도 독소가 있다.

진자강은 잠시 생각하다가 딱딱한 껍질과 안의 은행알은 뱉어 버렸다.

그러곤 하늘을 쳐다보았다.

우연일까.

독을 쓸 수 있는 조건이 갖춰졌다.

한 가지만 제외하고.

이번에는 그 한 가지에 하늘의 운이 따라 줘야만 성공할 수 있을 것 같다.

방법을 찾아낸 진자강은 조금도 게으름을 피우지 않고 열심히 기와를 얹었다. 밑에서 지켜보던 인부들이 오히려 진자강의 건강을 걱정할 정도였다.

*　　　*　　　*

진자강이 일한 시간도 어느덧 열흘이 다 되었다.

갱도에서 팔 년 동안 망치질을 했기에 못질을 특히 잘했고, 무거운 짐도 거뜬히 날랐다.

진자강은 은행나무 잎을 입에 물고 아침부터 밤까지 계속해서 일을 했다.

거적때기로 대충 지은 움막으로, 대청 옆에 인부들이 머무는 임시 숙소가 있었다. 대부분의 인부들은 하루 일이 끝나면 그곳에서 술을 마시거나 휴식을 취했다.

하지만 진자강은 해가 완전히 떨어져 보이지 않을 때까지 뭔가를 했다. 은행을 주우러 다니든가 아니면 일을 했다.

공사판에서 잔뼈가 굵은 인부들도 혀를 내둘렀다. 진자

강은 특히 기와 얹는 데에 재미가 들렸는지 낮이고 밤이고 지붕에 올라가 기와 얹는 일을 하곤 했다. 다리를 절긴 했어도 큰 지장은 없었다.

마침내 운남 독문 대회합 이틀 전.

겨우 공사가 끝이 났다.

풍족하진 않지만 임시 숙소에 음식과 술이 지급되었다.

공두가 인부들을 모아 놓고 치하했다.

"수고들 했어. 다행히 어제 그제는 비가 안 와 가지고 어쨌든 기한 내에 공사도 마무리되었네. 오늘은 한잔 시원하게 하고 집으로들 돌아가 기다리고 있으라구."

일이 끝나서 인부들은 개운한 한편, 돈을 받지 못할까 봐 걱정스러운 얼굴이었다.

"어허, 이 사람들 나랑 일 한두 해 해 봤어? 내가 품삯은 꼭 받아다가 나눠 줄게, 걱정들 말아."

인부들이 불안을 떨치며 술병을 들었다.

"에이, 걱정한다고 줄 거 안 주고, 안 줄 거 주나? 일단 마셔!"

"맞아. 일단 먹고 보자고."

인부들이 술과 음식을 마시며 숙소가 왁자지껄해졌다.

공두는 이리저리 둘러보다가 한쪽 구석에 앉아 있는 진자강을 발견했다. 진자강은 노란 은행잎을 물고 가만히 앉아 있었다.

"네가 제일 수고했다. 자, 술 한 잔 받아."

"감사합니다."

공두는 진자강에게도 술을 따라 주고 자신도 한 사발을 들이켰다.

"내가 이 생활을 이십 년도 더 했지만 너처럼 일을 열심히 하는 녀석은 처음이다. 일도 대충 끝나서·내일은 움막도 다 철거해야 하는데 어디 갈 데는 있냐?"

"아직 생각 중입니다."

"갈 데 없으면 우리 집으로 와 있어. 돈 받으려면 며칠 있어야 할 테니까."

"생각해 주셔서 감사합니다만 폐를 끼치기가……."

"거 어린놈이 뭐 이리 가리는 게 많아? 이럴 땐 그냥 어른이 시키면 그런가 보다 하는 거야. 돈도 없으면서 어쩌려고. 노숙할 거야?"

공두가 진자강의 머리를 누르며 마구 헝클었다.

"네, 네?"

공두는 아예 진자강의 어깨에 팔까지 둘렀다.

"진가야, 혹시 목공 일에 관심 없냐? 잠은 우리 집에서 재워 줄 테니까 생각 있으면 얘기해. 나 따라다니며 배우면 입에 풀칠은 하고 살 거야."

"하하…… 생각 좀 해 보겠습니다……."

오랜만에 겪는 누군가의 친근한 표현.

진자강은 당황스러워서 땀까지 흘렸다.

*　　*　　*

이튿날, 공사를 마무리하며 움막이 철거되었다.

청소까지 끝나자 오전 중에 인부들도 거의 철수할 준비를 했다.

갈 데가 없는 진자강과 공두만이 남았을 뿐이었다.

"공두께선 안 가십니까?"

"가야지. 너도 같이 가자."

"아닙니다. 시간이 남으면 마루나 한 번 더 칠하려고요."

"야, 이거 완전 병이야 병. 그렇게 일하면 누가 돈 더 주냐? 충분하니까 그만하고 이리 와."

공두는 진자강을 거의 끌다시피 했다.

공두가 손가락으로 멀리 보이는 아랫마을을 가리켰다.

"우리 집이 저기야. 내려가는 데 한 시진 정도 걸려. 가서 점심이나 먹고 오자고. 나머지 일은 저녁에 와서 같이 하지 뭐."

"다시 오실 거면 저는 여기에 있……."

"거 왜 이렇게 고집이 세냐? 간만에 어른이 따뜻한 밥 한 끼 같이 먹자는데."

진자강은 다른 사람과 어울리는 게 불편하다. 공두는 단순한 친절을 베풀 뿐이지만, 그것이 그의 목숨을 앗아갈 수도 있다. 좋은 사람일수록 더욱 가까이해서는 안 된다.

"저는 있겠습니다."

"가자니까?"

"그래도 있겠습니다."

"야! 자꾸 내 입에서 큰소리 나오게 할래? 내가 우습게 보여? 어?"

공두가 화를 내서 오히려 남들의 이목을 끌었다.

할 수 없이 진자강은 공두를 따라갈 수밖에 없었다.

"그럼 제 짐 좀 가져갈 테니, 산문에 먼저 내려가 계시면 따라가겠습니다."

"그, 그래. 꼭 와야 한다? 안 오면 기다린다?"

"갈게요."

공두는 계속 뒤를 돌아보면서 먼저 독곡을 내려갔다.

막무가내의 선의.

악의 없는 짓궂음.

이런 상황을 편안하게만 받아들일 수 없는 자신의 처지

가 어쩐지 구슬프다.

진자강에게 챙길 짐이 있을 리 없었다. 혹시 모를 감시의 눈에서 공두를 숨기기 위해서다.

오가는 사람이 아직도 워낙 많았다. 진자강은 이리저리 다니며 시간을 때우다가 사람들 틈에 끼어 독곡을 나섰다.

이어 산문에서 기다리고 있던 공두와 함께 공두의 집으로 갔다.


공두의 집은 마을 어귀에 있었다.

공두가 목공이어서 그런지 집은 화려하지 않았지만 단단하고 실용적으로 지어져 있었다.

"여보! 나 왔소."

중년의 여인이 나와 공두를 맞이했다. 공두의 부인이었다. 여느 인심 좋은 아낙처럼 푸근한 모습이다.

"젊은 청년이랑 같이 왔네? 아이구, 둘 다 꼬질꼬질하다. 얼른 가서 씻고 와요. 그사이에 밥 차려 놓을 테니까."

공두가 집 뒤 냇가로 진자강을 끌고 갔다. 부잣집이 아니니 물을 데워 쓴다거나 하는 호사는 누릴 수 없다.

"어푸푸푸!"

공두는 대충 얼굴만 씻고 일어났다.

"넌 오랜만에 목욕이라도 좀 하고 와."

"예? 저도 세수만 하면 되는데요."

"냄새나. 깨끗하게 씻어야지. 옷도 갖다 줄 테니까."

냄새가 난다는 말에 진자강은 머쓱해졌다.

"하하……."

은행 냄새가 날까 봐 조심했지만 어쩔 수 없는 건가.

공두는 히죽 웃었다.

"맨날 은행 주워 먹으니까 냄새가 나지. 남들은 그거 잘 못 먹으면 배탈 나던데 잘만 먹데. 어쨌든 그러니까 씻으라고."

그러더니 진자강을 두고 가 버린 공두였다.

진자강은 공두의 말이 일리가 있다고 생각했다.

당장에 내일만 해도 독문의 사람들이 상당히 몰려온다. 거기서 냄새를 풍기거나 더러운 꼴로 있으면 오히려 눈총을 받기 십상일 터였다.

은행 열매 냄새가 보통은 아니잖은가.

진자강은 이참에 내일을 위해 씻는 게 낫다는 생각이 들었다.

그래서 아예 입수를 하려고 옷을 벗고 있는데…… 갑자기 인기척이 났다.

깜짝 놀란 진자강이 옷 속에서 독침을 꺼내 쥐었다.

"저……."

진자강의 또래로 보이는 평범한 시골 소녀가 다가왔다.
소녀는 반쯤 벗고 있는 진자강을 보고 얼굴이 빨개졌다.

"아빠가 갈아입을 옷 가져다 드리래서요."

가만히 보니 공두와 비슷하게 닮은 듯한 얼굴이다.

"고맙습니다."

소녀는 옷을 두고 재빨리 가 버렸다.

진자강도 왠지 머쓱해져서 금세 물속으로 머리까지 담가
버렸다.

*　　*　　*

"……."

공두와 공두의 아내는 밥도 안 먹고 입만 떡 벌리고 있었
다.

밥상 앞에서 둘이 그러고 있으니 진자강은 머쓱해졌다.

"세상에……."

"야, 너 원래 그런 얼굴이었냐?"

공두와 공두의 아내는 탄성을 금치 못했다.

"아니, 막일하는 놈 얼굴이 왜 이렇게 매끈해?"

"어떻게 아랫동네 마나님보다 훨씬 고와. 비결이 뭐예
요?"

깨끗하게 씻고 나온 진자강의 피부는 고왔다. 투명하리
만치 하얗고 윤기가 난다.

꼬질꼬질하고 더러웠을 때에는 전혀 이 정도인 줄 몰랐
다.

"너 혹시 우리가 범접할 수조차 없는 뭐 그런 고관대작
의 자제였냐?"

공두의 물음에 진자강은 어색하게 웃었다.

"아뇨. 아닙니다."

"허…… 이거. 아무리 봐도 귀티가 절절 흐르는 게 이런
일 할 사람이 아닌데."

진자강이 딱 잘라 말했다.

"사람을 겉모습만 가지고 판단하면 안 되지 않습니까."

"그 얘기는 지금 상황에 어울리지 않는 거 아니냐?
허…… 거참."

"공두 님, 이제 그 얘기는 그만하고 식사하시죠."

"공두가 뭐냐. 그냥 장씨라고 불러."

장씨가 딸을 불러다 진자강을 가리켰다.

"랑랑아, 잘생겼지?"

딸의 볼이 또 빨개졌다.

"껄껄, 이 녀석 얼굴 빨개진 것 좀 보소."

"아이 참! 물 가져올게요."

그제야 장씨도 젓가락을 들었다. 그러면서 은근히 진자강에게 묻는다.

"내 딸 어떠냐."

진자강은 밥을 먹다 말고 사레가 들릴 뻔했다.

"콜록! ……네?"

미리 아내에게는 얘기를 해 둔 탓인지 장씨의 아내도 별로 놀라지 않은 모습이었다.

진자강은 장씨의 표정을 보았다. 하지만 장난기는 전혀 없고 진지했다.

"내 솔직히 말하마. 난 네가 정말로 마음에 든다. 넌 내가 본 누구보다도 성실하고 부지런해. 그래서 탐이 나. 목공 일을 배워 보지 않겠냐고 한 것도 그냥 던져 본 말이 아냐."

장씨의 아내도 말을 거들었다.

"이이한테 들었는데 몸이 조금 불편하다면서요. 요즘 세상에 그 정도 흠은 아무것도 아니니까 너무 걱정 말아요."

"뭐, 당장에 결정하라는 건 아니니까 며칠 지내면서 천천히 알아 가도 되고. 솔직히 말해서 씻겨 놓으니까 내 생각보다 너무 잘나서 그게 좀 걱정은 돼."

장씨가 사람 좋게 웃었다.

진자강은 설마하니 장씨가 자꾸만 집으로 가자고 한 것

이 이런 의미인 줄 몰라 당황스러웠다.

진자강은 조용히 밥을 먹었다.

밥상은 정갈했다. 갓 지어 김이 피어나는 밥과 버섯볶음, 감자채, 가지 요리…… 특히 신경 써서 올린 듯한 큼직한 고기탕.

소박하지만 따뜻한 정이 넘치는 밥상이다.

아주 오래전에, 기억조차도 희미하게 남은…… 과거에 어머니가 해 주었던 그런 따스한 밥.

진자강은 기분이 울컥했다.

팔 년, 아니 거의 구 년 전의 일이었다.

다시는 먹을 수 없을 줄 알았던 집 밥.

그 밥을 먹고 있으니 자꾸만 행복했던 과거가 떠올랐다. 아무것도 모르고 영원할 것만 같던 어린 날의 추억이.

진자강은 목이 메었다.

어쩌면…… 어쩌면 이것도 나쁘지 않을지도 모른다.

평범한 삶.

매일 새벽 일어나 일을 나가 평범한 사람들과 일을 하고, 밤에 돌아오면 아내와 함께 밥을 지어 먹고…… 하나둘 아이를 낳아 키우며 아이들이 자라는 모습을 보는…… 그런 삶.

매일 살얼음 위를 걷듯이 긴장하며 살지 않아도 되고, 느굿하게 삶을 즐길 수 있을지도 모른다. 일이 잘되면 제법 풍요로운 노후를 맞이하게 될 수도 있으리라.

노년에는 자식과 손주들이 진자강의 장수를 기원하며 잔치를 열어 줄 것이다. 많은 가족들, 자손들이 보는 가운데 평온한 죽음을 맞이하게 될 것이다.

다시는 빛이 하나도 들지 않는 그 어둡고 축축한 갱도에 갇혀 살지 않아도 될 것이다…….

그 평범하고 소박한 삶이 주는 감동은 생각만으로도 가슴을 벅차오르게 만들었다.

"이봐?"

진자강의 상념은 장씨의 부름으로 깨어졌다. 장씨가 안타까운 표정으로 바라보고 있었다.

'아차!'

진자강은 어느새 자신의 뺨에 눈물이 흐르고 있음을 깨달았다.

"에그…….""

강두의 아내도 안쓰러워했다. 평범한 밥상 앞에서 눈물을 보이고 있으니 범상치 않은 사연을 가지고 있다 생각했으리라.

진자강은 벌떡 일어나서 고개를 숙였다.

"못난 모습을 보여서 죄송합니다."

"됐어, 됐어. 뭐 그런 걸로 미안해하나. 우리랑 같이 살면 나중에 랑랑이가 많이 해 줄 거야. 우리 딸이 음식 솜씨가 좋아. 사실은 이것도 우리 마누라가 아니라 랑랑이가 다한 거야."

"이 사람 말하는 거 봐? 누가 들으면 진짠 줄 알겠네?"

"허허허. 알았어. 농담이야, 농담. 농담인 걸로 하자구."

장씨의 아내가 장씨의 팔뚝을 꼬집었다. 그사이 물을 가져온 랑랑은 부끄러워하며 자리에 앉았다.

절로 웃음이 지어지는 평화로운 광경이었다.

진자강도 눈물을 닦으면서 어색하게 웃었다.

겨우 따뜻한 밥 한 공기의 유혹은 진자강이 이제까지 겪은 그 무엇보다도 강렬했다.

하지만 진자강은 방금의 눈물로 깨달았다.

자신이 있어야 할 곳은 이곳이 아니라는 걸.

지옥에서 수라가 되어 기어 올라온 건 스스로 안분지족(安分知足)하기 위함이 아니었다.

눈을 감아도 죽어 가던 약문의 생존자들 모습이 지워지지 않을 것이요, 귀를 막아도 그들의 유언이 들려올 것이요, 코를 쥐어도 시체 썩어 가는 냄새는 사라지지 않을 것이요, 손에 묻은 피는 잊히지 않을 것이었다.

수라에게는 평화가 어울리지 않는다.

진자강은 물을 벌컥벌컥 마신 후에 잔을 다시 들며 말했다.

"괜찮다면 물 좀 더 주시겠습니까?"

"아? 네, 네."

랑랑이 물 잔을 받고 밖으로 나갔다. 그 모습을 강두와 강두의 아내가 흐뭇하게 바라보았다.

그사이에, 진자강의 손이 빠르게 강두의 그릇 위를 스쳤다.

'죄송합니다.'

진자강은 아무것도 모르고 웃는 장씨에게 속으로 사과했다.

하지만 음식은…… 정말로 맛있었다.

\*         \*         \*

장씨는 안절부절못했다.

"끄윽, 또!"

장씨는 돌아와서 앉기가 무섭게 일어나 뒷간으로 향했다.

장씨의 아내와 딸도 장씨를 걱정했다.

"어떻게 된 거지? 음식이 상했었나?"

"아냐, 엄마. 그럼 우리도 똑같았을 거야."

장씨의 아내가 진자강에게 물었다.

"저이가 혹시 독곡에서 뭐 먹은 게 있나요?"

진자강은 잠시 생각하다가 말했다.

"어제 살짝 과음하신 것 말고는……."

"그럼 술병 났나? 하여튼 큰일이네."

벌써 세 번이나 뒷간을 다녀온 장씨는 얼굴이 핼쑥해져 있었다. 다리도 후들거렸다.

"큰일이네. 오후에 가 봐야 하는데……."

"제대로 서지도 못하면서 그 꼴로 어딜 가려곳!"

"회합 전에 재정관을 찾아가서 밀린 임금을 받아야 한다 구…… 내가 받아서 그 친구들에게 나눠 줘야 해. 오늘 못 받으면 이리저리 핑계 대며 안 줄 놈들이야."

"하아, 그러게 왜 잘 먹지도 못하는 술을 그리 마셨수."

"끄응…… 이거 미치겠네."

장씨는 또다시 뒷간을 다녀온 후 탈진해서 누워 버렸다.

"제가 의원을 불러오겠습니다."

진자강이 다녀오려 하자, 장씨가 말렸다.

"랑랑이가 다녀오거라. 그리고 자네는 내가 부탁할 얘기 가 있어."

어느새 호칭이 '너, 진가'에서 '자네'로 바뀌었다.

진자강은 고개를 저었다.

"싫습니다."

진자강에게 밀린 임금을 받아다 달라고 부탁하려던 장씨는 입맛을 다셨다.

"곰처럼 일만 잘하는 줄 알았더니 눈치도 빠르네."

"본 지 열흘밖에 안 되었는데 저한테 그런 일을 맡기시면 어떻게 합니까?"

"난 내 눈을 믿어. 내가 자넬 열흘밖에 안 봤지만 자네는 내 평생에 가장 신뢰할 만한 사람이야."

장씨의 아내가 장씨를 타박했다.

"아이구, 이 양반아. 돈 받아 오는 게 문제가 아니잖수."

장씨의 아내가 진자강을 다독였다.

"못 미더워서 그런 게 아니고, 그놈들이 돈을 제대로 안 주고 패악질을 부릴까 봐 그러는 거예요."

사실 못 믿는다 해도 할 말은 없는 것이지만, 그런 이유가 아니라니 오히려 신경이 쓰였다.

"거기 돈 받아야 할 공두가 나뿐만이 아니니까 괜찮을 거야. 이리저리 떼고 줄진 몰라도 아예 안 주지는 않을 거야."

"아휴…… 거기랑만 얽히면 돈 받는 게 일이 되어 버리니."

"어쩔 수 없지 뭐. 그렇다고 안 할 수도 없고."

진자강이 부부의 대화를 듣고 있다 보니, 그냥 넘길 문제가 아니었다.

각각의 공두는 함께 일을 하는 인부들을 데리고 있는데, 한 명의 공두가 적게는 대여섯 명에서 많게는 스무 명, 서른 명까지 책임을 졌다.

장씨가 배탈이 난 건 진자강이 쓴 독 때문이다.

그러나 그 때문에 장씨는 돈을 받으러 가지 못하게 되었다.

만일 오늘 돈을 받지 못하면 영원히 독곡에서 돈을 받지 못할 수도 있는 일이었다.

장씨의 휘하에 있던 인부는 진자강까지 열세 명.

그들과 그들 가족의 생계가 달린 일이었다.

'이런 건 전혀 생각하지 못했는데······.'

진자강은 그들이 정당하게 일한 돈은 받아야 한다고 생각했다.

진자강이 벌인 일이니까, 진자강 스스로가 책임져야 한다.

진자강은 잠시 고민하다가 말했다.

"제가 받아 오겠습니다."

"응? 그래 줄래?"

장씨가 반색했다. 품에서 계약서를 꺼내 건네주었다.

"이걸 주고 거기 써 있는 만큼 돈을 받아 오면 돼. 글은 읽을 줄 알아?"

"네. 받아야 할 금액이 닷 냥이네요."

"그런데 아마 똑바로 주지 않을 거야. 한두 냥이나 주면 다행이고."

"두 냥이면 반도 안 되잖습니까."

"그나마도 안 줄 수 있으니까 그냥 주는 대로 받아 와. 이런저런 핑계를 대면서 후려칠 테니까. 다른 덴 괜찮은데 독문 쪽은 어쩔 수 없어. 커흑!"

장씨는 쓸쓸하게 웃다가 갑자기 엉덩이를 붙들고 뒷간으로 기어갔다.

진자강은 계약서를 한참 바라보다가 장씨 아내에게 인사를 하고는 집을 나왔다.


*　　　*　　　*


진자강은 얼굴에 흙을 문질러 지저분하게 하고 독곡으로 들어섰다.

공사가 끝난 독곡의 내부는 말끔했다.

하지만 새로 손님을 맞기 위해 단장을 하는 중이라 공사전보다 훨씬 더 분주했다. 천막을 치고 좌석을 만들고 요리를 만들었다.

외원을 지나, 내원까지 들어갔다. 계약서를 보여 주고 돈을 받으러 왔다고 하니 재정관의 집무실까지 갈 수 있었다.

집무실 앞에 낯익은 공두들 몇이 보였다. 그들도 품삯을 받으러 와서 줄을 선 채였다.

진자강도 뒤에 줄을 섰다.

집무실에서 공두 한 명이 나왔다. 얼굴이 붉으락푸르락해서는 화를 꾹 참는 얼굴이었다.

다른 공두들이 물었다.

"이보게. 정산이 잘 안 됐어?"

방금 돈을 받고 나온 공두는 똥 씹은 표정으로 손을 펴서 엄지손가락을 접어 보였다. 이어 다시 검지와 중지 약지를 엄지로 잡아 보였다.

그러곤 화를 내며 가 버렸다.

본래는 소매에 손가락을 숨겨 숫자를 표시하는 상인들의 수어(袖語)인데 화가 나서 대놓고 표시한 것이다.

진자강이 잘 몰라서 어리둥절하고 있으니 앞에 있는 공두가 조그맣게 말해 주었다.

"받을 게 칠인데 그중에 삼을 받았다는 뜻일세."

다른 공두들의 표정이 어두워졌다.

"오늘은 유독 할인이 심하군."

"제기럴, 그나마 주는 것만으로도 고마워해야 하나."

"밉보이면 이 지역에서 일을 할 수가 없고…… 에이, 퉤."

평소에도 돈을 제대로 주지 않는 모양이었다.

진자강은 묵묵히 기다렸다. 순서는 굉장히 빨리 돌았다. 제대로 계산해서 주는 게 아니라 대충 돈을 던져 주고 마니 그런 듯했다.

"다음!"

어느새 진자강의 차례가 되었다. 진자강은 집무실 안으로 들어갔다. 서류들이 쌓여 있는 탁자에 학자 복장의 청년이 앉아 있었고, 그 옆 의자에 늙수그레한 재정관이 앉아 다른 일을 하고 있었다.

진자강이 인사를 하고 계약서를 내밀자, 유생 복장의 젊은 학사가 인상을 썼다.

"뭐야, 처음 보는 얼굴인데 장씨는 어디 갔어."

"갑자기 배앓이를 해서 제가 대신 왔습니다."

학사가 손을 내저었다.

"안 돼 안 돼. 모르는 사람을 뭘 믿고 돈을 내줘."

학사는 진자강을 위아래로 훑어보더니 두 냥을 내주었다. 그러더니 장부를 내밀었다.

"날인해."

진자강은 돈을 받지도, 날인하지도 않았다.

"계약서에는 닷 냥으로 되어 있는데요."

"뭐?"

학사가 한쪽 눈을 일그러뜨리며 진자강을 올려다보았다.

"지금 뭐라고 했어?"

"계약서에는 닷 냥이라고 했습니다."

"하, 이놈 좀 봐라?"

학사가 서류에 날인을 하고 있는 재정관에게 말했다.

"재정관님? 계약서대로 달라는데요?"

재정관이 짜증 난다는 듯 진자강을 노려보더니 말했다.

"줘야지. 계약서가 그렇게 돼 있으면 줘야지."

하지만 분위기는 순순히 내줄 분위기가 아니었다.

"계약서 이리 줘 봐."

학사가 일어서서 재정관에게 계약서를 가져다주었다. 재정관이 계약서를 보며 한마디 했다.

"그래, 닷 냥이라고?"

"예."

"네 말이 맞구나. 계약서에 공사가 끝나면 닷 냥을 주라고 쓰여 있군."

그런데 재정관은 계약서를 진자강에게 집어 던지면서 말

했다.

"사흘 있다가 와. 지금은 바빠서 못 줘."

방금까지 공두들이 돈을 받아갔는데 갑자기 바쁘다는 게 말이 되는가?

"우리 회합이 사흘 동안이니까, 그거 끝나고 오라고."

진자강은 계약서를 주웠다.

"계약서에 사흘 후에 준다는 말은 쓰여 있지 않은데요."

"그래. 언제까지 줘야 하는지는 안 쓰여 있으니까 사흘 있다가 주겠다고. 지금 여기 서류 쌓인 거 안 보여? 곧 회합이 있어서 정신이 하나도 없단 말이다. 알았으면 나가 봐."

재정관은 나가란 손짓을 하더니 아예 고개를 돌려 버렸다.

진자강은 계약서를 잘 말아서 품에 넣었다.

"알겠습니다."

진자강이 그냥 나가려고 하자 학사와 재정관이 이상한 놈이라는 듯 코웃음을 쳤다.

학사가 진자강을 불렀다.

"어이 잠깐, 정말 사흘 후에 오게?"

"네."

"돈 받기 싫어?"

"돈 받으려고 온 건데요."

"하, 이거 세상 물정 모르는 친구네."

학사가 조언이라도 해 주듯 말했다.

"다들 힘들게 벌어먹고 사는 거 알아. 우리도 달라는 대로 다 주고 싶지. 그런데 다른 사람들은 다 이렇게 줬어. 너만 특별 대우해 달라고? 그럼 형평성에 맞지 않잖아."

"특별 대우가 아니라 계약서에 쓰여 있는 대로만 달라고 하는 겁니다만."

"허어, 돈 주는 사람 생각도 해 줘야지. 자꾸 왜 너만 챙겨 달라고 해. 이 사람 저 사람 다 챙겨 달라고 하면 우리가 얼마나 힘들겠냐고."

진자강은 대답하지 않았다.

"그나저나 넌 큰일 났어. 우리 재정관님께서 뿔이 많이 나신 모양이야. 그러면 너만 돈 받기가 점점 힘들어질 거라고. 사흘이 뭐야, 보름…… 한 달…… 언제 돈을 받을지 기약도 못 하게 되는 거지."

그제야 진자강은 이들이 무슨 수작을 부리는지 알 것 같았다.

진자강의 표정이 어두워지자 학사는 인심 쓰는 척 말했다.

"그렇다고 열심히 일한 사람들 모른 척하는 것도 좀 그러니까…… 내가 직권으로 좀 융통해서 돈을 내주지. 어때?"

학사가 내놓은 돈은 한 냥 반이었다.

닷 냥 중에 한 냥 반이라니…… 진자강은 어이가 없어서 실없이 웃음이 나오려 했다.

"이게 한계야. 더는 안 돼."

진자강이 가만히 있자, 학사가 돈을 가져가는 척했다.

"그럼 사흘 후에든 일 년 뒤에든 닷 냥 다 받아 가든지."

진자강은 그래도 움직이지 않았다.

"진짜 가져간다? 안 준다? 이러면 너만 손해일 텐데?"

재정관이 갑자기 소리를 질렀다.

"한 냥만 줘! 저런 놈한테 무슨 돈을 다 줘!"

"아이고야. 괜히 고집 피워 가지고…… 어쩔 수 없지."

학사는 반 냥마저도 가져가 버렸다.

진자강은 재정관을 돌아보았다. 모르는 척 다시 일을 하는 광경이 가증스러웠다.

남의 돈을 횡령하기 위해서 어차피 짜고 하는 짓.

진자강이 학사의 얼굴을 보니 실실 웃고 있다. 어차피 돈 주는 사람 마음이라는 거다.

그렇다고 닷 냥 받을 걸 한 냥만 받아다가 줄 순 없었다.

진자강은 이곳에서 더 이상 볼일이 없다는 걸 깨달았다.

"사흘 후에 주시는 걸로 알고 그때 닷 냥 받아 가겠습니다."

학사가 짜증스러운 얼굴을 했다.

"아, 말귀를 못 알아 처먹네. 우리가 얼마나 바쁜 사람들인지 알아? 사흘 후에 와서 하루 종일 기다리든 말든 해."

그 말을 들은 진자강은 잠깐 생각하는 듯하더니 마주 웃어 주었다.

씨익.

"그땐 한가하실 겁니다."

진자강은 웃음기를 거두고 집무실을 나갔다.

진자강의 등 뒤로 청년과 재정관의 조롱 어린 목소리가 들려왔다.

"미친놈."

"어디 돈 제대로 받아갈 수 있는지 두고 보자."

하지만 진자강은 신경 쓰지 않았다.

*     *     *

진자강은 장씨의 집으로 돌아가 상황을 전해 주었다.

장씨는 골머리가 아프다는 표정을 지었지만 진자강을 탓하지 않았다. 진자강의 성격이 워낙 곧이곧대로라서 불공

정한 계약에 수긍하지 못했다고 생각했다.

어차피 하루 이틀이면 나을 테니 자신이 가서 받아 와도 되는 일이었다.

진자강은 다시 독곡으로 돌아갔다. 회합 중에 장씨가 맡은 곳이 망가지거나 부서지면 수리해야 할 사람이 필요했다.

'사흘⋯⋯.'

독문의 회합 기간.

그 기간 안에 독곡을 없앨 수 있을지 없을지는 오로지 하늘의 뜻에 달려 있었다.

第六章

독문 대회합

　독문 대회합의 날이 되었다.

　독곡은 문을 활짝 열고 손님을 맞이했다. 운남의 곳곳에서 몰려온 중소 독문의 인사들이 속속들이 도착했다.

　작은 문파들이라 하더라도 독을 다루기 때문인지 눈빛이나 복장이 독특한 이들이 많았다.

　"어서 오십시오!"

　"반갑습니다!"

　독곡은 특유의 무게를 던지고 밝게 손님을 맞이하고 있었으나, 독문 사람들의 표정은 밝지 않았다.

　최근 거대 독문 세 개가 통째로 날아가 버렸는데 즐거워하면 그게 더 이상한 일일 터였다.

때문에 독곡의 무사들이 아무리 밝은 목소리를 내도 분위기는 묵직했다.

아침부터 입장한 이들의 수가 백 명을 넘어갔다.

정오가 되기 전, 진자강이 열심히 공사했던 그곳 대청에서 개회식이 있었다.

대청의 넓은 마루 위에 의자와 긴 탁자를 놓고 중소 독문의 인사들이 ㄷ자 형태로 둘러앉았다.

독곡의 곡주인 백담향 위종이 낮은 단상 위로 올라서자 모두가 일어서서 예를 표했다.

독문의 사람들은 포권을 하지 않는다. 대개가 위종을 향해 가벼운 목례를 했을 따름이었다.

위종이 담담하게 웃으며 사람들을 둘러보고 개회의 인사 말을 했다.

"멀리서 오느라 수고 많으셨소. 우리 운남 독문이 참으로 어려운 때에 많이들 와 주어 실로 고맙게 생각하고 있소이다."

본래 독문의 회합에는 여러 가지 행사가 있었다.

거대 독문들의 주도로 향후 독문의 향방을 상의하는 일이 주였고, 부가적으로 새로운 독에 대한 정보를 교환한다거나 간이 시연, 간단한 무술 대회 정도가 함께 열렸다.

하나 이번에는 달랐다. 거대 독문들이 독곡 외에는 하나도 남지 않은 데다 독문을 위협하는 사건이 벌어지고 있어서다.

위종이 말문을 떼었다.

"우리 운남은 중원에서 멀리 떨어져 있어 비교적 그 여파를 받지 않는 편이었으나…… 최근 강호의 정세는 매우 혼란스럽기 그지없소."

위종이 말을 이었다.

"더욱이 우리는 오래전 지독문의 사건 이후 최악의 사태를 겪고 있소. 석림방과 암부, 철산문까지 흔적도 없이 사라졌소이다."

이미 다 듣고 온 일이지만, 그 충격에 중소 독문의 인사들 표정이 굳었다.

"이대로라면 운남에 혼란이 가중되어 강호의 격랑(激浪)을 피하기 힘들 것이오. 이에 본인은 멸문한 삼대 문파의 빈자리를 채우고 가급적 빨리 태세를 정비하여야 혼란을 막을 수 있다고 생각하오."

중소 독문 인사들의 눈빛이 달라졌다.

세 문파가 차지하고 있던 영역. 그 사업에 독곡의 지원이 더해지면 순식간에 대형 문파로 거듭나는 것도 꿈이 아니었다.

"하지만……."

위종이 말을 끊었다.

"모든 문파가 각각 떨어져 있는 이대로는 말이외다. 앞으로 얼마나 더 있을지 모르는 적의 습격에 방비하기가 어렵소이다. 다소 불편하게 들릴지 모르나 지금은 힘을 하나로 합쳐 외부의 세력에 대항해야 할 것이오."

사람들이 갑자기 조용해졌다.

위종의 말뜻을 알아듣지 못할 리가 없었다.

위종이 목소리에 힘을 주어 소리쳤다.

"본인이 제안컨대! 우리 운남 독문은 하나가 되어야 하오. 본인에게 무슨 말을 해도 좋소이다. 나는 우리 운남 독문을 위해서라면 독곡의 무공이든, 무엇이든 다 내놓을 준비가 되어 있소이다. 일 차로 본 독곡이 맡고 있는 사대 독문의 사업권부터 여러분께 풀겠소. 어차피 우리가 하나가 된다면 그것들은 우리 모두의 것이 아니겠소이까."

중소 독문 인사들의 표정이 어두워졌다.

사실상 각오는 하고 온 바다.

그러나 대놓고 하나가 되자는 말을 하니 기분이 착잡하다.

하나가 된다는 말이 동등한 관계에서의 연합을 의미하는 건 아님에 분명하다. 독곡의 휘하에 강제로 들어오라는 뜻이다.

거부할 수도 없었다. 거부한다면 아마 싸늘한 시체가 되고 말 것이다. 오래전 약문이 그랬던 것처럼.

불행 중 다행이라면 위종이 사대 독문이 갖고 있던 사업권을 나누어 주겠다는 것이었다. 비록 개별 개체의 독립적인 문파로는 남을 수 없겠으나, 대신에 이전과는 비교할 수 없는 상당한 부를 가질 수 있게 될 터였다.

독문 인사들의 얼굴에 갈등이 어렸다.

어차피 거부할 수 없다면 그렇게 받아들이는 게 그나마 남는 장사가 될지도 모른다.

하지만 자주성을 잃고 독곡에 복속되는 것이나 다름없는 상태가 된다는 게 불편한 것이다.

한동안의 침묵 속에 서로 눈치만 보고 있는데, 한 노인이 나섰다.

"사일방(蛇壹幇)의 괘후요."

위종이 말하라는 뜻으로 손바닥을 내보였다.

사일방의 문주 괘후가 카랑카랑한 목소리로 외쳤다.

"위 곡주의 웅대한 포부의 말씀 잘 들었소. 하나 나는 반대요!"

다른 독문 인사들이 흠칫 놀랐다.

위종의 앞에서 대놓고 반대를 하다니!

위종은 겉으로 부드러운 성격이지만 잔혹하다. 뒤끝이 있기로도 유명하다.

독문 인사들은 자기도 모르게 위종의 눈치를 살폈다.

하지만 위종은 그럴 수도 있다는 듯 고개를 주억거렸다.

"괘 문주의 의견을 경청하겠소이다."

괘후가 성난 사람처럼 언성을 높였다.

"우리에게 당면한 가장 큰 문제는 우리 독문을 공격한 놈들의 정체요! 어떤 놈들인지 윤곽조차 밝혀지지도 않았는데 통합해서 맞서자고 한 것이오? 순서가 잘못되었소이다!"

괘후의 일침이 뭇 독문 인사들의 공감을 이끌어 냈다.

세간에는 다른 거대 독문을 제거한 것이 독곡이 아니냐는 흉흉한 소문이 돌았다. 여기 모인 중소 독문의 인사들 중에 실제로 그렇게 믿고 있는 이들도 꽤 되었다.

긴장감이 감도는 가운데 괘후가 다시 말을 계속했다.

"무엇보다, 다른 독문을 해친 것이 독곡이라는 소문이 나돌고 있소. 아니 땐 굴뚝에 연기가 나는 것 보셨소? 이 문제에 대해 곡주께서 해명하는 게 우선일 것이오!"

괘후의 공격적인 발언에 분위기는 싸늘해졌다.

위종의 얼굴에서 담담한 미소가 사라졌다.

꿀꺽.

독문 인사들은 괜히 지켜보는 자신들이 불안해졌다.

갑자기 위종이 껄껄 웃었다.

"괘 문주의 말씀이 맞소! 가장 선행되어야 할 문제는 바로 그것인 것 같소이다. 우리 운남 독문이 하나 되는 데에 조금의 거리낌이라도 있어서는 아니 되는 것이오."

위종이 대청 밖을 보며 손짓했다.

"가져오너라!"

곧 독곡의 무사들이 들것 여러 개를 운반해 왔다.

흰 광목천으로 덮은 그것은 누가 봐도 사람이었다.

들것이 지나갈 때마다 심한 냄새가 났다.

십여 개에 달하는 들것을 대청의 한가운데에 놓고 천을 펼치자, 과연…… 보기만 해도 참혹한 시신들이 보였다.

어떤 시신은 시커멓게 타 있었고 어떤 시신은 목이 부러지거나 팔다리가 뜯겨 나가 있었다. 온통 피범벅이 되어 있는 시신도 있었고 그나마 온전해 보이는 시신도 있었다.

"석림방과 암부, 철산문에서 공수해 온 시신들이오. 각각의 소속이 맞는지는 알아볼 수 있는 분들이 있을 것이외다."

위종이 굳은 얼굴로 말했다.

"본인도 항간에 떠도는 소문을 알고 있소. 그러나 내 입으로 결백을 백 번 주장하는 것보다 한 번 보는 게 나을 것이오. 여러분들이 직접 보시오. 만일 조금이라도 의심의 여지가 있다면, 모든 일은 없던 것으로 하고 나 위종 여러분의 앞에서 스스로 독단을 물고 자결하리다."

위종은 사람들의 앞에 포권을 하기까지 했다.

뭇 인사들은 위종의 다짐을 진지하게 받아들였다. 앞에서 쓴소리를 해도 마다하지 않는 위종의 대범함에 감탄하기도 했다.

위종의 말이 끝나자, 사람들이 시신으로 몰려들었다. 무엇보다도 대체 흉수가 어떤 놈인지 궁금하던 차였다. 시신에 남은 살해의 흔적들로 흉수의 정체를 유추해 볼 수 있을 터였다.

그들의 모습을 보며 위종은 담담히 미소를 지었다. 그러다가 방금까지 날 선 목소리로 각을 세우던 괘후와 눈이 마주쳤다.

괘후가 위종에게 눈웃음을 지어 보였다. 위종 역시 살짝 고개를 끄덕였다.

괘후의 반발은 이미 사전에 계획된 것이다.

강압적인 상태에서 모든 일이 매끄럽게 진행되면 오히려 더 반발심만 키울 수 있다. 통합, 혹은 복속이라는 반발심 높은 화두를 시체 쪽으로 슬쩍 옮겨 버린 것이다.

'뭐든 철저하게 하는 게 좋지.'

다른 사대 독문의 사업을 나누어 주기로 한 것도 마찬가지다.

'원래 혼자 먹으면 체하는 법.'

부를 나누어 주는 건 아무 문제도 안 된다. 자신이 운남 독문의 통합 수장 자리에 오른다면 재물은 언제든지 긁어 모을 수 있는 일이었다.


진자강은 대청에서 일어나는 회합을 멀리에서 바라보고 있었다.

회합은 순조롭게 진행되고 있는 듯하다.

이미 오후가 다 지나고 있었다.

진자강은 하늘을 올려다보았다.

구름 한 점도 없이 맑고 청청하다.

'결국 오늘은 안 되겠구나.'

진자강은 아쉬움을 달래며 자리를 털고 일어섰다. 잠을 잘 수 있는 움막이 없어져서 외부에서 대충 노숙을 해야 했다.


\*　　　\*　　　\*


둘째 날.

전날 밤 환영을 겸한 술자리가 있었음에도 불구하고 회합은 아침 일찍부터 시작되었다.

시신에 대한 조사도 거의 이루어졌다.

시신들은 여러 형태로 살해되었으므로 흉수를 특정하기는 어려웠다. 그러나 거기에 독곡이 개입되지 않았다는 것만큼은 명확했다.

둘째 날 오후에는 시신이 치워지고, 새로운 통합체에 대한 조직 구성과 인사 배치가 토의되었다.

첫째 날과 마찬가지로 둘째 날도 별일 없이 지나갔다.

진자강은 날씨를 확인했으나, 오늘도 마찬가지로 하늘은 쾌청했다.

'오늘도 실패인가.'

내일까지도 날씨가 도와주지 않는다면 어쩔 수 없는 일이다.

강행하든 혹은 포기하든 둘 중 하나를 선택해야 할 것이었다.


한데 그 날 밤.

짙은 야음(夜陰)을 타고 하나의 그림자가 독곡의 곳곳을 누볐다.

몸 동작이 보통 사람 같지 않고 어딘가 불편해 보임에도 그림자는 굉장히 민첩했다. 걷고 뛰고 돌아다니는데 아무런 소리도 나지 않았다.

"이럴 리가 없는데."

그림자는 고개를 갸웃거리더니 다시금 천천히 주변을 훑어보았다.

주방과 창고를 위주로 훑어보았다가, 아무래도 원하는 걸 찾지 못했는지 대청의 지붕 위에 올라 독곡을 내려다보았다.

"놈이 포기했나……."

어스름한 달빛에 드러난 외눈.

망료였다.

망료는 용마루에 쪼그리고 한참을 앉아 있더니, 문득 아래를 보았다.

"응?"

망료는 고개를 숙이고 쿵쿵 냄새를 맡았다. 여기저기 냄새를 좇아 지붕 위를 기어 다녔다.

"흐음?"

그러더니 훌쩍 내려와서 대청의 마루로 착지했다. 망료는 마루 곳곳을 기듯이 다니며 확인했다. 의자를 뒤집어 보고 책상 아래에 들어가 냄새를 맡고 기둥은 혀로 찍어 맛을 보기도 했다.

망료의 얼굴에 웃음기가 떠올랐다.

"그럼 그렇지. 놈이 포기할 리가. 그런데 네 생각대로는 잘 안 될 거야. 끌끌끌."

원하는 수확을 얻은 망료는 들어올 때만큼이나 은밀하게 대청을, 독곡을 빠져나갔다.

\*  \*  \*

셋째 날.

진자강은 새벽부터 하늘을 쳐다보았다.

밤새 달무리가 져 있더니 멀리에 어렴풋한 무지개가 보인다.

가슴이 두근거렸다.

'어쩌면 오늘은……!'

진자강은 숨겨 놨던 암기와 독을 모두 꺼냈다.

유유정은 한 통 남았고 잡다한 용도의 독도 조금씩 남았다. 그것들을 잘 정리해서 소매에 넣었다.

해독약은 혹시 모르니 그냥 전부 버려 버렸다.

단전에 남은 사황신수도 점검했다.

최근 상당히 사용한 탓에 사황신수의 타래는 오 광층도 남지 않았다. 그중에 이 광층을 짜내어 침에 바르고, 독침을 팔에 감은 가죽띠에 끼워 넣었다.

먹을 것도 가볍게 챙겼다.

"후읍."

이제까지의 상대들보다 가장 수가 많고 고수들도 다수 보유한 독곡이다. 거기에 중소 문파라지만 찾아온 이들이 대부분 문주급이라 상대하기 쉽지 않으리라.

진자강은 만반의 준비를 한 후 시기를 기다렸다.

정문이 열리고 독곡에 출입이 가능해졌다. 진자강은 외부 사람들 틈에 섞여 독곡으로 들어갔다. 지난 열흘간 일을 한다고 안면을 익혀 둬서 잡일을 한다는 핑계로 들어가는 데에는 무리가 없었다.

대청에서는 어제에 이어 오늘도 여러 사항이 논의되고 있었다. 서로 좋은 직급을 차지하고 좋은 사업권을 따내기 위해 치열하게 얘기가 오갔다.

진자강은 하늘을 보았다.

흐리다.

해가 없이 다소 흐린 하늘이다.

땅에서 냄새가 나고 눅눅하다.

하지만 아직 때가 아니었다.

'그 전에⋯⋯.'

해야 할 일이 있었다.

진자강은 대청을 지나쳐 독곡 내원으로 갔다.

진자강이 간 곳은 내원의 외곽 쪽에 있는 재정관의 집무실이었다.

다른 공두들은 이미 지난번에 다 돈을 받아 갔기 때문에 기다리는 이는 진자강 외에 아무도 없었다.

하지만 무사는 안에 얘기를 하고 오더니, 진자강에게 밖에서 기다리라고만 했다.

진자강은 기다렸다.

어느새 정오가 되었다.

집무실 안으로 식사가 들어가는 것으로 보아 안에서 점심을 먹는 듯했다. 하지만 진자강에게는 별다른 소식이 전해지지 않았다.

점심을 먹고 소피를 보러 나왔는지 학사가 잠깐 집무실을 나왔다.

학사와 눈이 마주친 진자강이 고개를 까딱 숙여서 인사를 했다.

"약속한 날짜가 되어 돈을 받으러 왔습니다."

학사는 이를 쑤시면서 거만하게 진자강을 내려다보더니 어깨를 으쓱했다.

"아직 일이 바빠서 정산할 시간이 없구나. 좀 더 기다려."

그러곤 그냥 들어가 버렸다.

오후가 되면서 날씨는 잔뜩 찌푸려졌다.

진자강은 준비해 둔 육포를 씹으면서 그때까지도 계속 기다렸다.

그 모습을 안쓰럽게 봤는지 경비 무사가 고개를 절레절레 흔들었다.

"이봐. 잘 몰라서 그러는 거 같은데, 오늘 돈 못 받을 거야. 그런 걸 본 게 한두 번이 아냐. 저녁쯤이나 되면 아주 후려친 금액을 주거나 다음에 오라고 할 거야."

"그렇군요."

사실 어느 정도는 각오한 일이다.

진자강은 육포를 경비 무사에게 내밀었다.

"좀 드시겠습니까?"

경비 무사가 별 생각 없이 육포를 받아먹었다.

그런데 잠시 후.

"윽, 으윽."

경비 무사가 배를 잡았다.

"갑자기 배가 왜 이렇게 아프지? 뭐야, 육포가 잘못된 거 아냐?"

하지만 진자강은 여전히 육포를 씹고 있었다.

질겅질겅.

"뭐가 잘못됐습니까?"

"으으, 아냐. 그냥 뒤가 급한 거 같아."

경비 무사는 집무실과 진자강을 몇 번이나 돌아보며 말했다.

"나 뒷간 갈 동안 얌전히 있어. 저 안에 함부로 들어가면 안 돼. 알았지?"

"알겠습니다."

"꼭이다, 꼭? 만약 와서 함부로 들어갔으면 내 손에 죽을 줄…… 아이고!"

경비 무사는 어찌나 뒤가 급했는지 엉덩이를 잡고 뒷간을 향해 달려갔다.

그럴 수밖에.

장씨와 마찬가지로 설사를 하게 만드는 독이 발린 육포를 먹었으니까.

진자강이야 그런 독을 먹어도 멀쩡한 게 당연한 거고.

진자강은 곧바로 집무실을 향해 들어갔다.

진자강이 집무실에 들어서자, 재정관과 학사가 진자강을 쳐다보았다.

둘은 딱히 바쁜 것도 없는 듯 차를 마시며 노닥대는 중이었다.

학사의 얼굴이 일그러졌다.

"뭐야, 누가 널 들여보내라고 했어."

재정관의 표정도 찡그려져 있었다.

"하여간 멍청한 것들, 시키는 대로도 못 해. 회합이 끝나면 바로 잘라 버려야겠어."

진자강은 그 둘의 투덜거림을 가볍게 무시했다.

"정산을 받으러 왔습니다."

그때까지 놀고 있던 학사는 괜히 서류가 쌓인 탁자에 가서 앉았다.

"바쁘니까 기다려라."

"알겠습니다."

진자강은 순순히 수긍했다. 오히려 학사와 재정관이 의아해졌다.

하지만 나가는 게 아니라 자리에 가만히 서서 빤히 학사를 바라보고 있다.

신경이 거슬린 학사가 서류를 집어 던지며 소리쳤다.

"나가서 기다려!"

"한가하십니까?"

"응?"

"제게 소리를 지를 정도로 한가하시냐고요."

"뭐, 뭐?"

학사가 어이없다는 듯 혀를 찼다.

"허, 이런 싸가지 없는 게……."

재정관도 코웃음을 쳤다.

"내버려 둬라. 돈 받기 싫은가 보다."

진자강이 재정관을 쳐다보았다.

"돈 받고 싶어서 온 겁니다만."

"돈 받으러 온 놈의 태도가 왜 그 모양이야?"

"정당한 거래에 의해 돈을 받으러 오는 데에도 태도가 필요합니까?"

"필요하지! 돈 줘야 할 내가 기분이 나쁘니까!"

"그럼 받을 사람이 기분 나쁘면 어떻게 됩니까?"

재정관이 화를 냈다.

"이런 오만불손한 놈!"

재정관이 진자강에게 벼루를 집어 던졌다. 빡, 소리가 나며 진자강의 머리에 맞은 벼루가 떨어져 반으로 갈라졌다.

진자강은 꼼짝도 않고 서서 재정관을 노려보았다.

"저…… 저런……!"

재정관이 소리를 질렀다.

"밖에 아무도 없느냐! 이놈을 당장 끌어내라!"

하나 밖에는 아무도 없다. 들어와야 할 이가 들어오지 않는다.

진자강이 말했다.

"제가 왜 기다리고 있는지 아십니까?"

"뭐라고?"

"고민하고 있어서 그렇습니다."

재정관이 손을 휘저었다.

"에이잉! 더 듣고 싶지 않다! 당장 끌어내!"

"조금만 기다리겠습니까? 아직 고민이 풀리지 않았습니다."

경비 무사가 오지 않으니 어쩔 수 없이 학사가 진자강을 끌어내려 다가왔다.

"좋게 말할 때 나가라."

학사가 진자강의 옷깃을 잡았을 때였다. 진자강이 소매를 떨치며 팔뚝에 감은 띠에서 침을 꺼내 쥐었다. 그러곤 반 모금의 내공을 이용해 학사의 손에 번개처럼 침을 꽂았다.

"으아앗, 따가워!"

놀란 학사가 자신의 손을 움켜쥐며 뒤로 물러났다. 손등 깊숙하게 장침이 박혀 있었다.

"으으……."

학사는 이런 일을 처음 당해 보는지 손을 떨었다. 무서운지 침도 제대로 뽑지 못했다.

재정관이 손으로 탁자를 치며 일어서서 일갈했다.

"네, 네 이노옴! 곱게 쳐 죽고 싶지 않⋯⋯."

진자강은 재정관에게 걸어가서 탁자를 짚고 있는 재정관의 손등에도 침을 박았다.

"으아아악!"

남은 반 모금의 내공을 이용했기 때문에 침은 재정관의 손을 꿰뚫고 탁자에까지 박혀 버렸다.

"가, 감히 이게 무, 무슨⋯⋯!"

"사황신수라고 합니다."

그 말을 알아들은 재정관은 꿀 먹은 벙어리가 되었다.

재정관은 재무 관리만 하는 문사(文士)지만 독곡에서의 위치가 낮지 않다. 돌아가는 일 정도는 꿰고 있다. 사황신수라는 말에 순식간에 떠오르는 게 있었다.

사황신수는 암부의 독이고 최근 철산문을 공격하는 데에 쓰였다.

'저, 절름발이!'

눈앞에 있는 놈이 소문의 그 절름발이였던가!

그러고 보니 들어올 때 왠지 발을 저는 듯도 했다.

재정관은 심장이 다 쪼그라들었다. 덜컥 겁이 났다.

하지만 노회한 재정관은 쉽게 속마음을 드러내지 않았다. 오히려 사황신수가 뭔지 알아듣지 못한 척 말했다

"이러지 마라. 돈이라면 주마. 그냥 장난을 좀 친 거

야……."

진자강은 가만히 바라볼 뿐 대답하지 않았다.

재정관이 재빨리 말을 돌렸다.

"그렇지! 좀 아까 고민하고 있다고 했지? 고민이 뭐냐. 고민 때문에 이러는 거냐?"

"제 고민 말입니까."

"그래, 네 고민. 말해 봐. 내가 도와줄 수 있을지도 모르잖아."

진자강이 잠시 생각하다가 말했다.

"저는 원래 사람을 함부로 죽이고 싶지 않았습니다."

재정관은 머리털이 곤두서는 느낌이었다.

"다, 당연하지! 사람을 함부로 죽이면 안 돼."

"저는 제 적만 죽일 생각이었습니다. 사실 그럴 수 있을 줄 알았죠."

"……그, 그래? 세상을 살다 보면 늘 마음대로 되지 않는 경우도 있긴 하네. 그래서?"

"제가 복수할 대상이 아니라 그 외의 사람에 대해서는 어떻게 해야 할까, 남의 돈을 함부로 갈취한다고 해서 그들을 죽일 수 있는 권리가 내게 있는 것일까…… 고민했습니다."

재정관은 마른침을 꿀꺽 삼켰다. 옆에 있던 학사도 분위기에 겁을 집어먹고 완전히 웅크리고 있었다.

"그, 그런데 그 고민이……."

진자강이 재정관을 보며 걱정하지 말라는 투로 말했다.

"신경 안 써도 됩니다. 방금 해결됐습니다."

"으, 응? 아니, 왜 해결되고 그래. 심각한 고민 아니었
어?"

"고민하고 있던 중에 나도 모르게 손을 써서, 고민이 소
용없게 됐습니다. 그리고 해독약을 안 가지고 왔습니다."

재정관과 학사의 얼굴이 새하얘졌다.

"으윽…… 제, 제발……."

이마에 땀이 맺혔다. 몸이 슬슬 아파 오기 시작한다. 학
사도 이게 그냥 침이 아니라 독침이라는 걸 깨달았다.

학사는 침이 꽂힌 한 손을 엉거주춤 든 채 탁자에 은전
다섯 닢을 내려놓았다. 아니, 아예 돈주머니를 통째로 내려
놨다.

철그럭!

"여, 여기 돈이 있소! 더 달라고 하면 얼마든지 더 주겠
소! 제발 살려 주시오!"

진자강은 사양하지 않고 거기에서 다섯 닢만 챙겼다.

"계약서대로만 가져가겠습니다."

그러더니 그냥 나가 버릴 듯 몸을 돌리는 게 아닌가!

학사의 코에서 피가 줄줄 흐르기 시작했다. 앞도 흐릿해진다.

학사는 무릎을 꿇고 빌었다.

"제발 살려 주시오! 제발!"

재정관이 피를 토하며 절규했다.

"살려 줘! 뭐든 해 줄 테니 해독약을 달라고!"

"해독약은 방금 없다고 말했는데 믿지 않는 모양이군요."

진자강은 고개를 절레절레 흔들었다. 평생 그렇게 살아와서일까. 남의 말을 듣지 않는다.

사황신수는 극독이다. 무인도 아닌 보통 사람인 학사와 재정관은 금세 입에 피거품을 물었다.

"끄윽, 끅."

얼마 지나지 않아 둘은 마지막 경련을 일으키며 죽어 갔다.

진자강은 더 이상 둘을 지켜보지 않고 집무실 밖으로 나왔다.

밖에서 잠시 기다리니 경비 무사가 다리를 휘적거리면서 다가온다.

"별일 없었겠지?"

"네."

"안에서 날 찾지 않…… 윽!"

"안 찾았으니까 다녀오시죠. 저도 그냥 가야겠습니다."

"으윽, 그, 그래."

경비 무사는 다시 뒷간으로 달려갔다.

경비 무사는 종일 배앓이를 하느라 방 안을 신경 쓰지 못할 테고, 다른 이들은 회합 때문에 바빠 여기까지 올 일이 없다. 진자강이 반나절을 기다리고 있을 때조차 한 명도 찾아오지 않았다. 아마 재정관이 죽은 건 저녁이나 되어야 알려질 것이다.

저녁까지면 충분하다.

진자강은 경비 무사가 달려가는 엉거주춤한 뒷모습을 보다가 하늘을 쳐다보았다.

하늘은 찌푸려져 있었고 사위는 어둑어둑했다.

진자강은 내원을 나와 대청 쪽으로 갔다.

대청 안은 아직도 열기가 후끈하다. 모든 이들이 모여서 이권을 나누는 데에 혈안이 되어 있었다.

진자강은 때를 기다렸지만, 좀처럼 완벽한 때가 다가오지 않는다.

가슴이 졸여 온다.

하늘은 하루 종일 찌푸려져 있으면서도 진자강이 원하는 날씨를 보여 주지 않는다.

'하지만……'

구름은 계속해서 시커메지고 축축한 냄새는 아침보다도 훨씬 진동한다.

조금만 더 있으면 진자강이 원하는 대로 될 것 같다.

하지만 만일 정말로 때가 찾아오지 않는다면 거사를 미뤄야 할 수도 있을 것이다.

그런 일이 없기를 바랄 수밖에.

진자강은 때를 기다리며 담벼락 밑에 앉아 회의가 계속되는 대청을 지켜보았다.

간혹 무사들이 진자강의 앞을 오갔지만 아무도 진자강을 신경 쓰지 않았다.

\*　　　\*　　　\*

위종은 대청의 회의를 지루하게 지켜보고 있었다.

사업권을 나눠 가지기 위해 서로 논의하는 중이었다. 다들 눈에 불을 켜고 있다. 조금이라도 더 이익을 얻으려고 혈안이 되어 있었다.

'멍청한 놈들.'

위종은 속으로 비웃었다.

조삼모사(朝三暮四)다. 당장에야 사업이 늘어나고 크게

벌이가 된다고 좋아하겠지만, 평생 그 수익의 일부를 독곡
에 바쳐야 할 테니 말이다.

대청 밖을 보니 아직 오후인데도 어둡다.

어쨌든 슬슬 얘기를 정리할 때가 되었다. 그래야 자신을
통합 독문의 초대 수장으로 선포하고 회합을 종료할 게 아
닌가.

한데 그런 위종에게 무사가 다급하게 달려와 죽편(竹片)
과 은패 하나를 건넸다.

은패를 본 순간 위종의 눈이 가늘어졌다.

무림총연맹의 조사관급을 상징하는 은패였다.

"크흠."

위종은 죽편을 뒤로 돌려 안에 쓰여 있는 글씨를 읽었다.


　　왕밀입(尩密入)


글을 읽은 순간 위종은 굉장히 놀랐다.

왕(尩)은 절름발이다.

'절름발이가 몰래 들어와 있다고?'

위종은 얼굴을 찌푸렸다.

이 죽편을 보낸 자는 망료일 가능성이 컸다.

정보의 진위가 다소 의심되는 얘기다.

그간 망료는 수없이 말을 바꿨다. 자신과 암부에는 이번 사태의 흉수가 절름발이 한 놈이라고 해 놓고, 정파 쪽 오조문에는 다른 세력이 있으며 절름발이는 그저 그들의 주구(走狗)일 뿐이라고 했다.

그런 자의 말을 어떻게 믿겠는가.

하지만……

위종은 동봉된 은패를 확인했다.

혹시나 망료가 다른 마음을 먹었다 하더라도 무림총연맹의 은패를 사사로이 사용할 수는 없다.

은패까지 동봉한 걸 보면 정보의 사실 유무에 대해서 최대한 보장한다는 뜻이긴 할 것이다.

"누가 보냈느냐?"

"망 고문이 인편으로 전해 왔다고 합니다."

역시 망료였다.

위종은 죽편의 글자를 뚫어져라 보았다.

'절름발이가…… 지금 이곳에 있다 이거지?'

일단 정보가 사실이라 치자. 사람이 하도 많이 오갔으니 그중에 절름발이가 섞여 있을 수는 있다.

그러나 솔직히 말하자면 그 정도로 대범하게 여기에 들어와 있으리라는 생각은 하기 힘들다.

독곡은 물론이고 중소 독문의 문주들이 모두 와 있는 자리에 말이다.

'그러고 보면…….'

망료는 절름발이를 굉장히 잡고 싶어 했다. 아마도 그래서 이리 급하게 정보를 보냈을지도 모른다는 생각은 들었다.

'그런데 왜 본인이 오지 않았지?'

아무래도 의심스럽다.

이 정보를 믿는 게 내키지 않았다.

확인이 어려운 일은 아니다. 초청받지 않은 독문의 인사를 제외한 외부인들을 전부 불러 모으면 되니까. 그래서 절름발이가 맞는지 확인하면 된다.

그러나 만약에 아니라면? 정보가 잘못된 것이라면?

이제 곧 통합 독문의 수장이 되려는 찰나에 겨우 죽편에 쓰인 세 글자를 믿고 호들갑을 피우는 자로 비춰지길 원하지 않았다.

그것은 위종의 능력을 의심하게 만드는 일이고, 지배력에 큰 상처를 내는 일이다.

무엇보다 망료의 말에 자기가 움직여야 한다는 사실이 짜증 나기 그지없었다.

하지만 확인해 보지 않을 수도 없었으니…….

한동안의 고민 끝에 위종은 결심했다.

위종이 무사에게 명을 내렸다.

"곡 내에 있는 외부인과 하수인들을 전부 불러 대청 앞에 모이게 하라. 허드렛일을 하는 것들까지 전부."

"예, 알겠습니다."

위종은 한찬 논의 중인 독문 인사들의 앞에 가서 말했다.

"협의는 끝나셨소이까?"

독문 인사들이 어색해했다.

"그게 아직……."

아무래도 이익이 걸린 사안이다 보니 첨예하게 대립할 수밖에 없었다.

위종이 제안했다.

"그럼 잠시 쉬어갈 겸, 이것 좀 보시겠소?"

"그게 뭡니까?"

"망료 장로…… 아, 지금은 무림총연맹의 제독부 고문 역할을 하고 있는 망 고문이 흥미 있는 얘기를 전해 왔소이다."

위종이 죽편을 보여 주었다.

"절름발이!"

독문 인사들의 표정이 얼어붙었다. 절름발이에 대한 온갖 소문을 들었다. 그러니 그 절름발이가 여기에 와 있다는 사실은 그들을 섬뜩하게 했다.

그것은 곧 그들이 표적이라는 뜻이 아닌가!

"절름발이가 과연 흉수인가…… 아니면 앞잡이에 불과한가. 뭐 그도 아니면 망 고문이 보낸 이 정보가 사실인가…… 여러분들은 궁금하지 않소?"

독문 인사들은 마른침을 삼키며 억지로 고개를 끄덕였다.

사실이 아니기를 바라는 이도 몇 있었다.

"그럼 재미난 놀이 하나를 해 봅시다."

위종이 빙긋 웃었다.

"본 곡이 가지고 있는 곤명호의 주루 한 채를 걸겠소. 어떻소이까?"

*　　　*　　　*

'무슨 일이 생겼구나!'

진자강은 갑자기 장내가 소란스러워진 걸 깨달았다. 무사들이 이리저리 뛰어다녔다.

진자강이 앉아 있는 곳에 무사 한 명이 다가왔다.

"이봐, 너. 공사하던 인부지?"

신경이 곤두섰다. 혹시나 들킨 걸까?

"대청 앞으로 와. 문주님이 할 말씀이 있으시단다."

무사의 태도는 딱히 적대적이지 않았다. 하나 긴장을 가라앉힐 순 없었다.

진자강은 무사를 따라 대청 앞으로 갔다.

대청의 앞에는 진자강뿐 아니라 독곡에서 일하는 하인이며 일꾼, 숙수들까지도 대거 불려 와 있었다.

그 수가 거의 오십 명에 달했다.

곧 대청 끝으로 서당의 훈장 같은 느낌의 노인이 걸어 나왔다.

그가 곡주인 걸 알아본 일꾼들이 황급히 바닥에 무릎을 꿇었다.

"곡주님!"

진자강도 다른 이들을 따라 무릎을 꿇었다.

'저자가 독곡의 곡주 위종!'

눈빛은 형형하고 얼굴은 이십 대의 것처럼 매끈하다. 한눈에 고수라는 걸 알아볼 수 있다.

운남 독문의 제일 고수…….

진자강이 곁눈질로 위종을 탐색하고 있는데, 위종의 밑에 서 있는 무사가 말했다.

"너희들이 수고한 덕분에 중요한 행사가 잘 마무리되었다. 하여 곡주님께서 친히 너희들의 노고를 치하하며 술을 한 잔씩 따라 주실 것이다."

일꾼들은 어리둥절해 했다.

'술을?'

무사가 일꾼들을 다그쳤다.

"한 명씩 앞으로 나오라!"

얼결에 떠밀리듯 하인 한 명이 주춤주춤 걸어 나갔다.

하인은 잔뜩 겁을 먹은 표정이 역력했다. 그도 그럴 것이 위종만 해도 무서운데 그 뒤로 독문의 문주들이 잔뜩 서 있으니 말이다.

하인은 위종이 따라 주는 술을 받다가 손을 떨어서 잔을 떨어뜨렸다. 하인의 얼굴이 사색이 되었다.

"죄, 죄송합니다!"

"괜찮아 괜찮아."

위종은 웃으면서 다시 잔에 술을 따라 하인에게 주었다.

"마시거라."

독문 문주들이 위종의 아량을 칭찬했다.

"역시 곡주께선 대인이십니다."

"곡주님께서 친히 아랫것들까지 챙겨 주시니 감개무량하여 손을 다 떠나 봅니다."

"영광인 줄 알고 마셔라, 이놈들. 껄껄껄!"

하인은 황급히 술을 마시고 돌아왔다.

무사가 다음 차례의 사람을 밀었다. 그도 나가서 술을 받고 돌아왔다.

진자강은 그들을 유심히 살폈다.

혹시나 독주를 먹인 게 아닌가 싶어서다. 하나 당장은 큰 이상이 없어 보였다.

'정말로 수고했다고 술을 따라 주는 건가?'

실수를 해도 혼나지 않고, 죄를 추궁하거나 괴롭히려는 의도가 아니라는 걸 알아서인지 일꾼들의 얼굴은 한결 편해졌다.

술을 마시라고 미는 무사들의 표정을 보아도, 술을 따라 주는 위종을 보아도, 위종의 뒤에 선 독문 문주들을 보아도 특별한 점은 없어 보였다.

그러나 진자강은 끝끝내 어딘가 마음에 걸렸다. 이 상황이 어딘가 어색했다.

무엇보다도 오십 명의 인원을 일일이 한 명씩 나오라고 하는 것이 수상하지 않은가!

뭔가가 이상하다는 생각이……

진자강의 머리에 번쩍하고 생각이 스쳐 갔다.

거리.

위종에게 술을 받으려면 대청까지 가야 한다.

그 거리가 열 걸음.

진자강의 차례가 되면, 진자강이 걸어가야 할 거리가 열 걸음.

'아…….'

진자강은 그제야 지금 상황의 묘한 점을 알아냈다.

'나를 찾고 있구나!'

굳이 열 걸음의 거리를 걷게 함으로써 확인할 수 있는 것.

그건 절름발이를 노린 것이다.

진자강은 아랫입술을 깨물었다.

절름발이를 숨기고자 한다면 가능하다. 하지만 그것도 얼핏 보았을 때나 그런 것이지, 무공의 고수들 수십 명이 눈을 부릅뜨고 있는데 속일 정도로 멀쩡하게 걸을 수 있는 건 아니다.

하늘을 보았다.

금방이라도 비를 떨굴 듯 찌푸린 하늘.

그럼에도 아직 때가 안 되었다.

진자강의 눈에 시커먼 암운이 드리워졌다.

\*　　　\*　　　\*

"다음!"

지루해진 무사가 다음 차례의 등을 떠밀려고 했다.

하지만 손을 대기도 전에 젊은 청년 한 명이 먼저 앞으로 걸어 나갔다.

청년이 한 걸음을 내디뎠다.

절룩.

그 순간 위종의 눈빛이 변했다.

절룩, 절룩.

청년이 앞으로 걸어갈수록 위종의 뒤에 있던 독문 문주들의 표정이 점점 굳어 간다.

독문 문주들은 방금까지 농담을 하고 위종을 치켜세우던 것과 달리 완전히 입을 다물었다.

청년도 분위기가 일변했음을 분명히 느꼈을 것이다.

오죽하면 일꾼들마저도 위종과 문주들이 뭔가 달라졌다고 생각하고 눈치를 볼 정도였다.

그러나 정작 청년 본인은 아무렇지도 않게 대청을 향해 걸어가고 있었다.

절룩, 절룩.

그 짧은 열 걸음의 거리를 걷는 것에 모두의 시선이 집중되었다. 청년의 한 걸음은 매우 느렸고, 한 걸음 한 걸음을 마치 보란 듯 발을 절었다.

청년은 마침내 위종의 앞에까지 가서 멈추었다.

청년이 술잔을 들어 위종에게 내밀었다. 앞서의 일꾼들

처럼 움츠리거나 두려워하면서 받는 모습이 아니라 매우
당당했다. 당연히 받을 걸 받는 모습이었다.

위종은 청년의 모습을 가만히 바라보고 있었다.

청년 역시 위종을 빤히 보며 잔을 내밀 따름이었다.

옆에 있던 무사가 소리를 질렀다.

"건방진 놈! 무릎 꿇어!"

청년은 반항하지 않고 한쪽 무릎을 꿇었다. 그리고 다시
잔을 내밀었다.

위종의 입가에 서서히 미소가 머금어졌다.

편안한 웃음이 아니었다.

감탄의 의미거나 혹은 뻔뻔하다. 또는 가소롭다는 의미
가 모두 담긴 웃음이었다.

위종은 웃는 얼굴로 술을 따라 주었다.

쪼르륵.

위종의 웃는 얼굴을 올려다보는 청년의 입에도 미소가
어렸다.

그러나 그것은 어색해서 마주 웃는 웃음은 결코 아니었
다.

당신이로구나?

약문에 지독한 짓을 한 작자. 그 모든 과거의 악행을 지
시한 독문의 수괴가.

위종 역시 청년의 웃음이 던지는 의미를 알았다. 그래서 더욱 비릿하게 입꼬리를 올려 웃었다.

그래, 네놈이었구나. 망료가 지독하게도 찾아다니던 그놈.

네가 우리 독문을 공격하고 잔인하게 학살한 놈이로구나?

진자강의 웃음도 더욱 짙어졌다. 그럴수록 살기가 드러나 눈알까지 번들거렸다.

줄줄줄.

위종이 따르던 술은 이미 잔을 넘쳐서 바닥으로 흐르고 있었다.

하지만 서로 노려보는 둘의 행동에는 미동도 없었다.

똑.

마침내 술 한 병이 다 비워져 마지막 한 방울이 떨어졌다.

웃고 있는 위종의 입꼬리가 거의 귀까지 찢어질 정도로 길게 늘어났다.

위종은 빈 술병을 거꾸로 들어 잡았다.

그러더니…….

그것을 거꾸로 쥔 그대로 무릎을 꿇고 있는 진자강의 머리를 내려쳤다.

콰장창!

술병이 박살 나며 깨졌다.

진자강이 무릎을 꿇은 채로 비틀거렸다.

위종이 그제야 웃음을 풀고 입술을 이죽거렸다.

"건방진 놈."

하지만 진자강은 아직 웃음을 풀지 않았다. 이마에서부터 피를 흘리면서 위종을 노려보았지만 입은 여전히 웃고 있다.

진자강은 천천히 일어섰다. 건배를 하듯 핏방울이 떠다니는 잔을 들어 단숨에 들이켰다.

그러곤 바닥에 잔을 던져 깨 버렸다.

챙그랑!

지켜보던 무사들과 독문의 문주들이 혀를 찼다.

"저, 저저……!"

위종은 살기가 충천해서 눈알이 시뻘겋게 물들어 있었다.

"이름이…… 뭐냐?"

이를 드러내고 있어서 잇새로 발음이 새었다.

"진자강."

진자강도 이제 웃음을 거두고 위종을 노려보았다.

"네놈의 목적은 나를 죽이는 것이냐?"

진자강이 정정했다.

"정확히는, 당신을 포함해서 죽이는 겁니다."

"오호라!"

위종이 갑자기 양팔을 들더니 외쳤다.

"여러분 들으셨소이까? 이놈이 바로 우리가 찾던 그놈인 모양이오!"

그 말에 멀리 포위하고 있던 무사들이 칼과 창을 들고 포위를 좁혀 왔다.

진자강은 하늘을 한 번 쳐다보았다가 다시 위종을 보았다.

위종이 진자강을 보며 물었다.

"네가 누구인지, 무슨 의도로 독문을 공격했는지 매우 궁금하구나?"

진자강이 대답했다. 아니, 대답하려 했다.

"나는 약문의……."

그런데 위종이 그 말을 잘랐다.

"네놈은 나를 우습게 보고 있구나? 하기야 그러니까 간덩이가 부어서 본 곡에 들어와 있는 거겠지."

"무슨 뜻입니까?"

"나는 그런 얘기를 하는 놈을 멀쩡하게 세워 놓고 듣는 편이 아니란다."

위종이 눈을 가늘게 뜨고 웃었다.

진자강은 눈에 힘을 주었다.

이제까지의 상대와는 다르다!

그동안의 상대는 진자강의 정체를 궁금해했다. 덕분에 조급해하고 조금이나 심리적으로 몰렸던 것이다. 그래서 늘 진자강이 심리에서 우위에 설 수 있었다.

하지만 위종은 그럴 생각이 없어 보였다.

"네놈을 보기 전에는 긴가민가하였는데, 확실히 직접 보니 무공이 뛰어난 놈은 아니로구나. 그런데도 철산문의 문주는 극독에 중독되어 죽었다지? 강규 그 친구는 매사에 꼼꼼하고 의심이 많은 친구였는데 말이야. 그 이유가 뭘까?"

위종이 자신의 머리를 톡톡 쳤다.

"네놈은 머리를 쓰는 놈이라는 것이 아니겠느냐? 그것도 남들이 상상하기 어려울 정도로 잘."

위종의 말은 틀린 데가 없다.

진자강은 아무 말 없이 위종을 보기만 했다. 위종이 웃으며 말했다.

"자고로 그런 놈과는 길게 말을 섞지 않는 법이란다. 말을 섞어도 사지를 모두 꺾어 놓고 바닥에 엎어 놓은 후에 해야 하는 것이지. 몰랐으면 이 기회에 알아 두거라."

진자강은 고개를 끄덕였다.

"충고, 고맙게 듣겠습니다."

"예의 바른 놈이군."

위종이 크게 껄껄 웃었다.

그러더니 몸을 돌려서 대청 안쪽으로 가 버리는 게 아닌가!

이대로 놓칠 수는 없다!

진자강은 숨을 들이쉬며 백회로 기를 받아들였다. 기를 몸 안에서 운기시켜 한 줌의 내공을 만든 후, 손끝으로 내공을 전달했다.

시간이 나면 틈틈이 암기술을 연습한 보람이 있었다. 소매로 손을 넣어 침을 뽑고 두 발의 침을 던지는 데에 걸린 시간은 거의 눈 깜짝하는 것보다도 빨랐다.

쉭쉭!

오송문의 암기술 비선십이지!

더구나 침에는 사황신수를 이미 발라 놓았다. 스치기만 하더라도 위종은 죽는다!

두 개의 장침이 위종의 등 뒤로 날아갔다.

하나 위종은 이미 예측하고 있었던 듯 번개처럼 몸을 뒤집으며 공중으로 날아올랐다.

펄럭!

진자강이 던진 장침은 위종의 펄럭이는 소매에 갇혔다. 위종이 소매를 떨치자 장침은 반대 방향으로 다시 날아갔다.

쉬쉬쉭!

진자강을 두고 진자강의 양옆으로 장침이 날았다.

"억!"

진자강의 뒤에서 비명이 들려왔다.

일꾼 중의 두 명이 진자강의 침을 맞은 것이다.

암부가 자랑하는 극독 사황신수를 맞고 일반인이 버틸 수 있을 리 없었다.

그들은 얼마 지나지도 않아 피를 토하고 죽어 갔다.

진자강은 대노하여 위종을 노려보았다.

위종은 벌써 대청 끝의 단상으로 가서 준비된 의자에 앉아 있다가, 짐짓 놀란 척했다.

"대단한 독이로구나! 아마도 그게 강규 그 친구를 골로 보낸 독이겠지!"

위종이 손을 들어 진자강을 가리켰다.

"아까 말한 대로 놀이를 해 봅시다. 놈을 가장 먼저 잡는 분께 월화루(月華樓)를 드리리다!"

대청 밖에 포진한 백여 명의 무사들에게도 말했다.

"너희들에게도 기회를 주마. 루주(樓主)가 되어 팔자를 고칠 기회가 아니겠느냐!"

독곡의 월화루는 운남 전체에서도 유명한 주루다.

주루의 막대한 수입은 물론이고 월화루의 온갖 미녀를 거느리는 주인이 될 수 있다!

무사들은 눈이 돌아갔다.

조금 전에 위종이 말하길, 무공도 별로 대단하지 않다 하지 않았는가!

진자강은 대청의 밖에 서 있었으므로 우선권은 무사들에게 있었다.

무사들이 진자강을 향해 달려들었다.

"이야아아아아!"

진자강은 이를 악물고 뒤로 돌았다.

루주가 될 꿈에 눈이 먼 마른 무사 하나가 진자강의 등을 창으로 찔러 오고 있었다.

"큭!"

진자강은 몸을 틀면서 창을 잡고 아래로 눌렀다. 무사가 달려오던 힘 때문에 휘청거리며 앞으로 엎어졌다. 진자강은 창대를 발로 밟아 부러뜨리고 부러진 창의 반쪽을 잡았다.

무사의 목과 등이 이어진 부근, 척수에 창날을 꽂아 넣었다.

"꺽!"

무사가 답답한 숨을 내뱉으며 경련을 일으켰다. 즉사였다.

"죽엇!"

다른 무사가 진자강의 다리를 칼로 베어 왔다. 말로는 죽으라고 했지만 정말 죽을 정도로 공격하지는 않았다.

아까 위종이 사로잡아서 얘기를 듣겠다고 한 걸 아니까 말이다.

덕분에 진자강은 조금이지만 숨통이 트였다.

발을 뒤로 빼서 칼을 피하며 단전에서 사황신수를 짜내듯 끌어 올렸다. 얼마 남지 않은 사황신수였다. 새끼손가락 끝이 부풀었다. 진자강은 새끼손가락 끝을 이빨로 깨물어 뜯고는 창날의 끝에 독을 발랐다.

그러곤 바닥을 굴러 칼 든 무사의 발등을 찍었다.

"악!"

칼 든 무사가 발을 붙들고 종종 뛰었다. 그사이에도 여러 무사들이 바닥을 구르는 진자강을 향해 칼과 창을 찔렀다.

카카캉!

진자강이 바닥을 구를 때마다 그 뒤를 칼과 창이 따라가며 불꽃을 튀겼다.

진자강은 구르면서 무사들의 정강이를 찌르고 베었다.

무사들 몇몇이 다리에서 피를 흘렸다. 그러나 잠시 물러나던 무사들은 현기증을 느끼며 주저앉았다.

"억!"

"어윽!"

긁히거나 스친 것만으로도 사황신수에 중독되어 입에 피거품을 문 것이다.

동료들이 어이없게 죽어 가는 걸 본 무사들의 눈에 다소 두려움이 깃들었다. 진자강을 향한 공세가 다소 느슨해졌다.

그사이 진자강은 겨우 숨을 골랐다.

한 모금의 내공도 미리 만들어 보법을 밟았다.

무사들이 찌른 창이 진자강의 어깨와 옆구리를 스쳐 지나갔다. 진자강의 몸이 기우뚱거렸다. 진자강은 옆으로 넘어질 듯하다가 핑그르르 돌았다.

순식간에 창을 찌른 무사의 등 뒤로 진자강이 돌아갔다.

"어?"

무사가 위기를 느끼고 고개를 돌렸을 땐 이미 진자강이 무사의 옆구리에 부러진 창을 박은 후였다.

무사가 구슬픈 비명을 지르며 옆구리에 박힌 창대를 잡고 비틀거렸다. 금세 죽지 않은 걸 보면 벌써 창날에 바른 독이 모두 소진된 모양이었다.

진자강은 창을 뽑았다가 몇 번이나 옆구리를 다시 찍었다.

푹푹!

창날이 한 뼘이나 들어간 후에야 무사의 움직임이 멈추었다.

진자강은 무기를 구하기 위해 옆으로 움직이다가 한 무사가 내지른 주먹을 보았다. 피하기에는 너무 가까웠다.

진자강은 오히려 무사의 주먹에 머리를 갖다 박았다.

우직!

진자강의 이마와 정수리 사이를 정확하게 가격한 무사의 주먹에서 뼈가 부서지는 소리가 났다.

"끄아아악!"

진자강도 충격을 받아 눈에 별이 번쩍거렸지만, 무사의 양어깨를 잡고 무릎으로 고환을 걸어 올렸다.

으직.

무사는 비명도 내지 못하고 눈이 뒤집어졌다.

그사이 진자강은 등허리를 발로 차였다.

"큽!"

옆으로 밀려 나뒹구는데 칼바람이 느껴졌다. 진자강은 팔을 들었다.

카가각!

진자강의 팔뚝을 칼이 긁고 지나갔다. 다행히도 가죽띠를 감고 거기에 침을 촘촘히 꽂아 놓아 칼에 베이지는 않았다. 진자강은 품에 손을 넣어서 손가락 마디 크기의 대나무 통을 꺼냈다. 이빨로 통의 마개를 연 후에 자신을 공격한 무사를 향해 뿌렸다.

"어푸푸푸!"

독 분말을 맞은 무사가 눈을 질끈 감으며 마구 칼을 휘둘렀다. 진자강은 무사의 품으로 달려들어서 다리를 걸었다. 뒤로 넘어가는 무사의 얼굴에 한 손을 얹고 체중을 실었다. 진자강과 무사가 함께 넘어갔다.

콰앙!

둘의 몸무게만큼의 힘이 무사의 머리에 그대로 실렸다. 진자강의 손바닥에 눌린 무사의 코가 작살나고, 바닥에 부딪친 뒤통수는 깨져서 뇌수가 튀었다.

시야가 어느 정도 회복되었다. 회복되자마자 긴 그림자가 가까워지는 게 보였다. 진자강은 옆으로 몸을 굴렸다.

파팍!

바닥에 창이 꽂혔다.

진자강은 구르다가 무릎으로 땅을 디디면서 앉았다. 창을 찌른 무사가 바로 앞에 있었다. 진자강은 대나무 통에 남은 독을 뿌리며 무사의 얼굴에 붙었다.

훅!

"으아아아!"

무사가 눈물을 흘리면서 주춤거렸다. 진자강은 벌떡 일어서며 내공을 담아 무사의 목덜미를 손날로 쳤다.

뚝!

정확하게 가격한 목울대에서 뭔가 부러지는 소리가 났다. 무사의 얼굴이 자줏빛으로 물들면서 피거품을 물었다.

사악! 진자강의 다리가 긁히며 피가 튀었다. 뒤에서 벤 칼에 맞은 것이다.

하필 왼쪽이 아니라 오른 다리의 허벅지였다. 멀쩡한 다리다. 저는 다리에 비해 몸의 체중을 많이 싣는 쪽이었다. 살이 갈라져 속이 보인다.

오른발로 걷고 지지하는 데에 심각한 지장이 생겼다.

"내가, 내가 베었어!"

진자강의 다리를 벤 무사는 자신의 공을 인정해 주길 바랐는지, 너무 기뻐서 잠시 정신 줄을 놓았는지 양팔을 번쩍 들면서 대청 쪽을 쳐다보았다. 진자강은 바닥에서 창을 주워 무사의 목 뒤를 향해 힘껏 찔렀다.

무사의 뒷목에서부터 입을 뚫고 창이 튀어나왔다. 무사는 눈을 부릅뜨고 양팔을 치켜든 채로 서서히 무너져 내렸다.

대청에서 지켜보고 있던 독문 문주들이 이 같은 광경에 눈살을 찌푸렸다.

대체 위종이 무슨 생각으로 무사들을 소진시키는 걸까?

하나 위종은 뭔가 생각하는 투여서 말을 걸기가 힘들었다. 조금 전처럼 즐기는 인상이 아니었다. 심지어 다리를 꼬고 앉아 수염을 툭툭 손가락으로 튕기고 있다.

"이상한데…… 이상해. 이상한 게 있어."

위종이 중얼거렸지만, 독문의 문주들에게는 그게 그리 중요한 건 아니다.

어쨌거나 위종은 진자강을 잡는 이에게 월화루를 주겠다고 약속했다.

"곡주! 이제 우리도 나서겠소!"

무사들이 지지부진해지자 슬슬 독문의 문주들이 나섰다.

문주들은 대부분 자파의 장로급들을 두엇 동행했다. 각 문파의 문주와 장로들은 서로 눈짓을 주고받았다.

다른 독문보다 먼저 절름발이를 잡아야 한다!

독문의 문주급들이 나서자 독곡의 무사들도 더 이상은 진자강을 노릴 수 없었다.

윗사람이 정찬(正餐)을 하겠다는데 거기다 재를 뿌릴 수는 없는 일이었다. 거기다 벌써 스무 명이 넘게 바닥을 구르고 있어서 덤비기가 겁이 나는 것도 있긴 했다.

독문의 문주들이 서로 눈치를 보고 있는데, 문주 한 명과 장로 두 명이 쏜살같이 뛰쳐나갔다.

"형제들! 우리 구유문(九幽門)에 선수를 양보해 줘서 고맙소!"

누구도 양보한 일이 없건만, 구유문의 문주와 장로 둘은 자신들이 양보받은 것처럼 나섰다.

무사들이 물러섰다.

구유문의 문주가 진자강을 향해 소매를 털었다.

소매에서 얇은 피(皮)로 둘러싸인 덩어리 두 개가 튀어나왔다. 구유문이 자랑하는 명역독(冥疫毒)이다. 구유문의 문주가 장갑을 끼운 양손의 손바닥으로 명역독의 덩어리를 밀어내듯이 쳤다.

구유신장(九幽神掌)!

쫘악!

진자강에게 물줄기와 같은 덩어리가 쏟아졌다.

진자강은 섣불리 피하면 안 된다는 걸 깨달았다. 급히 몸을 뒤로 빼어 물러서고 있던 무사 한 명의 뒷덜미를 붙들었다. 그러곤 무사의 무릎 오금을 눌러 움직이지 못하게 한 후 그를 휘젓듯이 앞으로 내밀었다.

퍽, 퍽.

구유신장에 얻어맞은 무사가 몸을 떨면서 피를 뿜었다.

치이이이!

살에서 흰 연기가 피어올랐다.

팔과 가슴에 맞았는데 맞은 부위가 타서 살이 너덜너덜해졌다.

"끄아아아아아!"

구유신장은 명역독의 산(酸)을 이용한 독장(毒掌)이다. 지독한 산이 살을 녹이고 그 뒤를 장력이 파고드는 것이다.

진자강의 양옆으로 장로 둘이 자리를 잡았다. 진자강은 한 모금의 진기로 내공을 만들어 양손으로 보냈다. 양 소매로 서로 손을 넣었다가 뽑았다. 오른손에는 침이, 왼손에는 대나무 통이 들려 있었다.

손을 뽑으면서 동시에 침을 던지고 독 분말을 뿌렸다.

임기응변으로 한 행동이었지만, 운이 좋았다. 오른쪽의 장로가 침을 피하려고 하다가 어설프게 휘어지는 침의 궤도를 예상하지 못하고 무릎을 맞았다. 장로가 황급히 침을 뽑아냈다. 자신의 무릎과 허벅지 주변의 혈도를 누르며 독이 퍼지지 않도록 조치했다.

독 분말을 뿌린 쪽의 장로는 널찍한 소매를 마구 펄럭이면서 독 분말을 흩어 냈다.

진자강은 어느 쪽으로 공격을 할까 재빨리 확인해 보았다. 한쪽은 독침을 맞추긴 했지만 그쪽은 이미 혈도를 점해서 독의 효과를 보지 못하게 되었다. 잘해야 다리를 절단하는 정도로 살아날 수 있을 것이다.

하여 진자강은 새끼손가락을 깨물어 독을 머금고 독 분말을 뿌린 쪽으로 몸을 날렸다. 장로가 숨을 멈춘 채 진자강에게 주먹을 날렸다. 진자강은 방금 내공을 쓴 터라 곧바로 보법을 밟을 수 없었다. 가슴과 복부에 장로의 주먹을 허용했다.

퍼퍽!

하지만 그사이에 입에 머금고 있던 피와 독을 뿜었다.

푸웃!

장로가 몸을 뒤로 눕히며 피해 냈다.

무공의 차이가 크다.

진자강의 무공 실력이 떨어지다 보니 독을 몰래 쓰는 게 아니라 정면에서 사용하면 이 만큼이나 차이가 벌어지는 것이다.

그래도 진자강은 거기까지 예상하고 있었다. 그간 자신보다 강한 상대와 수없이 싸워 온 덕분이다.

이미 피와 독을 뿜으면서 앞으로 몸을 날리듯 하고 있었다. 그러면서 장로의 발등을 침으로 찍었다.

장로는 양발을 땅에 붙인 채 뒤로 몸을 누인 상태였기 때문에 그것까지는 피할 수 없었다.

장로가 아연실색하여 아예 몸을 눕히고 바닥을 굴러 피했다. 진자강은 장로가 혈도를 눌러 독이 퍼지는 걸 막을 시간을 주지 않으려고 바닥에 떨어져 있는 칼을 들어 따라가며 내려쳤다.

강호에서 바닥을 구르는 건 창피한 일에 속한다. 하지만 장로는 얼굴이 빨개진 채로도 바닥을 구르기를 멈추지 않았다. 체면보다야 사는 게 더 중요한 것이다.

하지만 구유문의 문주는 진자강이 계속 장로를 쫓도록 내버려 두지 않았다.

몸을 날려서 진자강의 앞을 가로막았다. 진자강이 아쉬워하며 물러서려고 했지만 문주의 행동이 더 빨랐다.

중소 독문의 문주라고 해도 진자강보다는 훨씬 강하다. 구유문 문주의 쌍장이 진자강의 양 가슴을 짓누르듯이 찍었다.

우드득.

끔찍한 뼈 소리가 났다.

진자강의 눈에 핏발이 섰다. 뼈에 금이 가고 장력이 침투해서 내장이 뒤흔들렸다.

하지만 진자강은 이를 악물고 고통을 참았다.

"흐읍!"

보통 사람이라면 까무러치거나 몸이 경직되기 마련이건

만, 진자강은 오랜 고통으로 단련 아닌 단련이 되어 있었다. 가슴을 내주면서 동시에 칼끝으로 구유문 문주의 소매를 찢었다.

구유문 문주의 소매에서 얇은 피에 싸인 덩어리들이 떨어졌다. 진자강은 칼을 놓고 떨어지고 있는 명역독의 덩어리 하나를 손으로 잡았다.

"응?"

구유문 문주의 시선이 잠시 아래로 내려간 사이, 진자강은 자신의 가슴에서 떨어지고 있는 문주의 손가락을 물었다.

장갑을 끼고 있다고 해도 워낙 힘껏 물었기 때문에 통증이 이만저만이 아니었다.

"이런!"

구유문 문주가 깜짝 놀라서 진자강을 후려치려고 한 손을 들었다. 진자강은 맨손으로 명역독의 덩어리를 쥐고 구유문 문주의 얼굴을 올려 쳤다.

"이런 미친놈이!"

구유문 문주가 놀라서 고개를 틀었다. 진자강은 그냥 손에 닿는 목덜미를 쳤다.

퍽!

구유문 문주의 목에서 명역독의 얇은 피가 터지면서 산

이 튀었다.

치이이이!

"크아아!"

구유문 문주의 목과 얼굴 반쪽이 산으로 뒤덮이며 연기가 피어올랐다.

진자강의 손바닥도 살갗이 타서 자글자글해졌다. 하지만 진자강의 피부는 온통 산이 가득한 혼천지에서 적응했다. 수만 년간 응축되어 있던 곤륜황석유의 효능이 진자강의 피부를 강하게 만들었다. 살이 타긴 했어도 구유문 문주만큼은 아니었다.

구유문 문주는 비명을 지르면서 허둥거렸다.

진자강은 왼손으로 칼을 집어 구유문 문주의 발목을 쳤다.

"으아아악!"

구유문 문주가 넘어져서 기어가며 진자강을 피하려고 했다. 진자강은 쫓아가면서 여러 번 칼을 쳤다. 구유문 문주의 다리가 계속해서 피를 뿜었다.

장로 둘은 독 때문에 섣불리 움직일 수 없어서 이 모습을 안타깝게 바라보고 있어야만 했다.

다른 독문에서 그제야 나섰다. 체면상 여러 문파가 동시에 공격할 수 없으므로 눈치를 보고 있었는데, 어쩌다 보니 두 쪽이 동시에 나서게 되었다.

"놈은 우리 비림곡(匕淋谷)의 것이다!"

"흥, 우리 철죽방(鐵竹幇)을 물로 보지 마라!"

비림곡의 곡주는 말 그대로 독이 묻은 비도를 들고 뛰었고, 철죽방의 방주는 나무젓가락보다 조금 더 긴 두 뼘 길이의 시꺼먼 독저(毒箸)를 손 사이에 끼우고 찔러 왔다.

진자강은 이를 꾹 깨물었다. 앞에서 공격해 오는 두 문파의 인물들과 그 뒤에 대기하고 있는 수십 개 문파의 문주들. 마지막에 기다리고 있는 독곡의 고수들과 곡주 위종을 차례로 쳐다보았다.

'이대로는……'

제아무리 진자강이라 하더라도 앞으로 몇을 더 상대하지 못하고 걸레짝이 되고 말 것이다.

다리에서는 출혈이 계속되고 갈비뼈는 시큰거렸다. 오른손은 감각이 없다. 아무리 생각해 봐도 멀쩡하게 저들 모두를 상대할 수 없다.

진자강은 하늘을 힐끗 올려다보았다. 아까보다도 훨씬 더 찌푸려져 있다.

'그래……'

이대로 싸우는 건 승산이 없다.

승산도 없는 싸움을 하다가 힘을 다 쏟아 버리고 탈진한다면 정작 나중에 기회가 왔을 때 그 기회를 잡지 못하게 될 것이다.

진자강은 크게 심호흡을 했다.

좌측에서는 비림곡의 곡주가, 우측에서는 철죽방의 방주가 달려오고 있다. 진자강은 바닥을 굴러다니는 구유문의 명역독의 덩어리를 왼손으로 주워서 던지기 시작했다.

그리고 침을 뽑아 연속으로 던졌다. 침에 맞은 명역독의 덩어리가 공중에서 퍼지며 쏟아졌다.

비림곡의 곡주와 철죽방의 방주는 제법 놀랐지만 뻔히 보이는 공격에 당할 정도는 아니었다.

비림곡의 곡주는 재빨리 장포를 벗어 머리 위로 올린 후, 크게 장포를 휘저어 명역독을 튕겨 냈다.

철죽방의 방주 천권은 대머리에 털가죽 조끼를 입고 있었는데, 조끼를 벗어서 머리에만 덮어썼다. 명역독의 방울이 떨어져 조끼며 옷에 구멍이 숭숭났지만 끝끝내 진자강에게 달려들었다.

진자강이 당황하듯 어물거리는 모습을 본 철죽방 방주 천권의 눈에 회심의 빛이 번쩍였다.

"놈!"

천권이 독저를 진자강의 허리 골반의 장골(腸骨)에 박아 넣었다.

뿌득!

"크흑!"

진자강은 다리가 뻣뻣해져 움직일 수가 없었다. 그러나 마비보다도 무서운 건 뼈가 울리는 고통이었다. 장골에 꽂힌 독저 주위의 핏줄이 터질 것처럼 부풀어 올라서 거미줄같이 뻗었다.

"하나 더!"

천권의 손가락에서 까만 독저가 솟아났다.

핑그르르!

손가락 사이에서 독저를 돌린 천권의 눈이 좌우로 움직였다. 진자강의 오른손은 타서 새빨갛다. 물건도 제대로 쥐지 못할 것이다. 천권의 입에 미소가 걸리더니 시선이 진자강의 왼쪽 어깨로 이동했다.

그러곤 즉시 진자강의 왼쪽 어깨의 견갑골(肩胛骨)에 독저를 박았다.

진자강은 뼈를 울리는 통증과 함께 왼쪽 어깨를 비롯한 팔 전체가 마비되는 걸 깨달았다. 상반신 전체를 망치로 수백 번 치는 것 같은 고통이 찾아왔다.

비명이 목까지 차올랐다.

죽이는 것보다 고통에 더 특화된 철죽방의 독 때문이다.

천권이 다른 하나의 독저를 뽑아내 진자강의 관자놀이를

찍을 것처럼 하다가 바로 앞에서 멈췄다. 진자강은 눈도 감지 않고 비명도 지르지 않으며 이마에 핏대를 세우곤 천권을 노려보았다.

"흥. 재미없게, 참을성이 대단한 놈이로군."

천권의 대머리는 명역독이 조끼에 구멍을 내고도 피부까지 태워서 계인이 찍힌 것처럼 동그란 점들이 여럿 생겼다.

치이이이.

천권은 머리에서 연기를 뿜어내며 못마땅한 얼굴로 독저를 거두었다.

그러나 그냥 그만두지는 않고 주먹으로 진자강의 얼굴을 그대로 가격했다.

"이건 내 머리를 태운 죄!"

빽!

진자강은 눈을 얻어맞고 비틀거리다가 뒤로 넘어지지 않으려고 애를 썼다. 그러나 다리가 마비되어 있으므로 오히려 엉거주춤하게 앞으로 엎어졌다.

천권은 크게 웃으면서 환호했다.

"놈을 내가 잡았다!"

비림곡의 곡주가 아쉽다는 표정으로 비도를 다시 품에 넣었다.

천권은 비림곡의 곡주와 타 문파들의 문주들을 보고 자

랑하듯 웃더니, 쓰러진 진자강의 머리채를 붙들고 올려 고개를 들게 했다.

진자강은 안와(眼窩)에 골절이 생겼는지 눈꺼풀이 퉁퉁 부어올라 있었다.

"너 잘 웃더라? 응? 지금도 좀 웃어 보지?"

진자강이 입을 꾹 다물고 멀쩡한 한쪽 눈으로 천권을 쳐다보는데 의외로 눈에 초점이 나가 있다.

"크하하하!"

천권은 크게 웃고 나서 진자강의 머리채를 잡고 질질 끌며 대청으로 올라갔다.

진자강은 명역독에 타서 잘 구부리지도 못하는 오른쪽 손만 빼고 움직일 수 없는 상태다.

쿵쿵.

진자강이 대청의 계단이며 턱에 계속해서 부딪치고 바닥에 쓸렸으나, 천권은 개의치 않았다.

천권이 진자강을 끌고 대청을 가로질러 위종의 앞에까지 갔다.

위종의 앞에서 뿌듯한 얼굴로 가슴을 폈다.

"곡주, 절름발이를 내가 잡았소이다."

하지만 위종은 딱히 칭찬하지도, 관심을 갖고 대꾸하지도 않았다.

"이상해."

천권은 기분이 조금 나빠졌다.

"곡주…… 내가 절름발이를 잡아다 앞에 대령했소이다. 자꾸 이상하다는 소리 말고 약속을……."

위종은 천권이 귀찮다는 듯이 손을 휘저었다.

천권이 인상을 쓰고 위종을 불렀다.

"곡주!"

그러자 위종이 두 눈을 번쩍 치켜뜨고 천권을 노려보았다. 천권이 흠칫했다. 위종은 아무 말도 하지 않았지만, 천권은 위종의 두 눈에서 쏟아지는 살기를 감당하기 힘들어 주춤거렸다.

"끄, 끄응……."

천권은 그 짧은 시간 동안 대머리에 땀이 맺혔다. 손끝을 파르르 떨었다.

천권에게는 정말 다행스럽게도 위종은 계속 천권을 보고 있지는 않았다. 위종의 시선이 천권에게서 머리채를 잡힌 채로 있는 진자강에게 옮겨 갔다.

"누구냐? 다른 놈은?"

위종의 입에서 나온 말이었다.

진자강은 부은 눈으로 위종을 쳐다보았다.

위종은 눈이 튀어나올 정도로 부릅뜨고 살기 어린 목소

리로 말을 내뱉었다.

"네놈의 무공 실력은 내 생각보다 훨씬 형편없다. 산 사람의 팔다리를 찢고 몸에서 머리통을 뽑을 수 있는 실력이 아냐. 그건 누가 한 짓이냐?"

〈다음 권에 계속〉

『제왕록』, 『무림에 가다』 시리즈의 작가 박정수
그가 거침없는 현대 판타지로 돌아왔다!

# 『신화의 전장』

주먹을 믿지 마라.
우리가 살아가는 이 땅에 인간을 벗어난 자들이 존재한다.

dream
books
드림북스

하라간

쥬논 판타지 장편소설

핏빛 판타지의 연금술사, 쥬논.
그가 펼치는 공포와 선혈의 환상 세계!

『흡혈왕 바하문트』, 『샤피로』를 잇는 그 세 번째 이야기.
검푸른 마해(魔海)의 세계에 그대를 초대합니다.

dream
books
드림북스